Une aventure

FORTNITE

DONT TU ES LE HÉROS !

Le piège de la cité fantôme

Couverture : Gilbert Han
Traduction française © Éditions Play Bac, Paris, 2021
Cet ouvrage est paru pour la première fois en 2019 en langue allemande (Allemagne) chez S. Fischer Verlag GmbH, Frankfurt am Main, sous le titre *Die Belagerung von Hot Hole*.

Thilo,
en collaboration avec Juul Adam Petry

Traduit de l'allemand (Allemagne)
par Isabelle Enderlein

Une aventure FORTNITE dont tu es le héros !

Le piège de la cité fantôme

playBac

1

Piégés à Hot Hole

2118 est une bonne année.

Douze mois supplémentaires se sont écoulés depuis la catastrophe ayant anéanti 98 % de la population mondiale. Les survivants semblent s'être habitués à la dureté des conditions de vie. Les clans meurtriers qui sillonnent la *map*, pillant et saccageant tout sur leur passage, sont engagés dans d'interminables guerres. Obsédés par la recherche de matières premières et de butin, ils passent leur temps à se crêper le chignon. Au moins te déchargent-ils d'une partie du travail.

Tu es Bob « Cold Blood » Cooper, le meilleur combattant de ce monde en décomposition. Le plus imperturbable, en tout cas. Tu ne perds jamais tes nerfs. Rien ne t'ébranle : aucune menace de tempête, aucune horde sauvage ennemie, aucune grenade susceptible d'exploser dans 3,56 microsecondes.

Ce calme, c'est ce qui explique ton surnom légendaire. Tu gardes ton sang-froid en toutes circonstances, malgré l'ardeur des combats.

Tu aurais pu devenir un richissime chef de clan. Tes hommes t'auraient obéi au doigt et à l'œil, rasant des villes entières sur un simple claquement de doigt de ta part. Mais tu as pris parti pour l'autre camp, le camp de ceux – et ils existent – qui souhaitent vivre en paix. Ces femmes, ces hommes et ces enfants sont appelés les « Justes ». Un millier d'entre eux, la plus grande colonie, vit à Hot Hole, une cuvette où règne un climat tropical, chaud le jour, pluvieux le soir, très froid la nuit. Ce n'est pas le paradis, mais l'eau y est propre, le sol sain et fertile. Il y pousse des fruits et des légumes, le bétail y dispose d'une nourriture suffisante.

Les Justes sont capables de se battre. Contre les vrais guerriers, cependant, ils n'ont aucune chance. C'est pour cela que Marcellus, leur leader, t'a enrôlé. Avant qu'il ne te contacte, tu errais sans but sur la *map*, accumulant les combats inutiles et les *skills*. Tu avais cependant conscience qu'un combattant dépourvu d'objectif, c'est comme un train sans locomotive : pas d'une grande utilité. Et puis un jour, un guerrier ninja à tête brûlée, vêtu du légendaire *skin* Fusion, a surgi dans la bergerie qui te servait de logis. Se présentant sous le nom de Marcellus, il t'a proposé un boulot. L'objectif : se faire mitrailler vingt-quatre heures sur vingt-quatre. Les conditions : pas de salaire, pas d'avantages sociaux, sommeil limité et cicatrices assurées.

Ça sonnait bien ; tu as accepté.

La première année, en suivant tes instructions, les Justes ont érigé une fortification tout autour de leur colonie. L'année suivante, tu leur as proposé des séances d'entraînement régulières pour leur apprendre à combattre à la pioche, à poser des pièges et à réduire au minimum les risques lors de la récolte du butin. Surtout, tu leur as appris à ne pas avoir peur de la mort. Le succès des Vikings reposait sur leur intrépidité. Ils n'avaient qu'à brandir leur hache, et leurs ennemis jetaient l'or à leurs pieds.

Marcellus t'a régulièrement envoyé au front. Tu as accompli des missions auxquelles tu étais le seul à pouvoir survivre.

Oui, décidément : jusqu'ici, 2118 a été une bonne année.

Mais cette nuit, tu te réveilles en sursaut : la cicatrice violacée qui te balafre la poitrine se met à pulser comme un serpent. Cette blessure, c'est Mike Molotov qui te l'a infligée lors de votre première rencontre. Tu es le seul combattant qu'il ne soit pas parvenu à envoyer en enfer. C'est un camouflet qui le ronge comme un rat affamé. Aujourd'hui, ton dispositif d'alerte précoce t'avertit que Mad Mike Molotov est dans les parages. Et en tant que chef du clan le plus puissant de la *map*, il n'est certainement pas seul.

Sans faire le moindre bruit, tu te redresses sur ta paillasse. Tu vas enfiler le *skin* Chevalier Ultime, ton préféré du moment, et saisir la pioche accrochée au mur.

Ta cahute, située un peu à l'écart des fortifications de Hot Hole, constitue l'avant-garde de l'avant-garde. Tu en ouvres la porte, non sans te retourner une dernière fois. Tu le sais : tu ne reverras plus jamais cet endroit.

À peine quelques minutes plus tard, tu t'élances du bus de combat survolant Hot Hole. À la lueur blême de la lune, tu découvres un spectacle qui te retourne l'estomac : des milliers de guerriers ont construit un mur d'enceinte autour des fortifications de Hot Hole. Un peu partout, des tours, des forts et des barricades ont été érigés, et des pièges à piquants dissimulés dans les buissons.

Dressé sur l'une des tours, Mad Mike se pavane en *skin* reur des Airs. Manifestement, il est parvenu à réunir l'ensemble des clans ennemis sous sa coupe. Son intention est claire : piller Hot Hole jusqu'à la dernière agrafeuse, anéantir les Justes et leur foyer.

Face à une telle démonstration de puissance, la capacité de résistance des Justes risque de faire long feu. Il faut réagir au plus vite !

Souhaitant avant toute chose te concerter avec Marcellus, tu atterris devant sa maison.

Lis la suite page 12.

Les gardes de Hot Hole ont urgemment besoin d'aide, tu vas leur prêter main-forte.

Rendez-vous page 14.

Frapper avant d'entrer n'est pas dans tes habitudes. Pour t'annoncer, tu utilises généralement la pioche. Mais l'homme qui se trouve derrière cette porte est l'un des rares que tu respectes et en qui tu as confiance. Marcellus est un vrai sage : juste, combatif, attentif au bien-être de ses troupes.

Donc, chez lui, tu frappes.

La porte s'ouvre aussitôt sur ton mentor en *skin* Fusion.

– C'est grave ? t'interroge-t-il, le visage soucieux.

Tu hoches la tête, puis, de la manière la plus concise possible, tu lui exposes le résultat de tes observations aériennes, concluant ton rapport par la question décisive :

– Combien de temps peut-on soutenir ce siège ?

– S'ils n'empoisonnent pas l'eau, deux semaines, répond Marcellus. Sinon… Trois jours.

Tu as compris le message. Si Marcellus connaît le talon d'Achille de Hot Hole, alors Mad Mike aussi. Il y a fort à parier que d'ici quelques jours, les ruisseaux de la colonie seront devenus nauséabonds. Et dépourvus d'eau potable…

– Hot Hole a toujours été un endroit chaud et pluvieux, résume Marcellus. L'air peut très vite y devenir irrespirable. Mais c'était notre patrie.

Tu notes l'emploi de l'imparfait. Selon Marcellus, vous ne pourrez bientôt plus vivre à Hot Hole, quelle que soit l'issue du combat contre Mad Mike.

Il est donc temps de reprendre la route. Mais pour aller où ?

Marcellus plonge ses yeux dans les tiens.

– Bob… Le siège n'est pas le problème. En unissant nos forces en un point, on parviendrait à passer le mur d'enceinte. Mais ensuite ? Où aller ?

Cinq minutes de palabres plus tard, ta mission est claire : franchir le mur d'enceinte érigé par MMM, trouver un endroit sur la *map* susceptible d'accueillir les Justes et, ce faisant, envoyer le plus d'ennemis possible en enfer.

C'est surtout la troisième partie qui te plaît.

Tu essaies de passer le mur par les hauteurs.

Continue page 16.

Tu tentes de quitter Hot Hole par voie d'eau.

Poursuis la lecture page 18.

À quoi ressemblerait la forteresse parfaite ?

Tu t'es régulièrement creusé les méninges à ce sujet. Les murailles seraient constituées de falaises et surmontées d'un couvercle en pierre d'un mètre d'épaisseur. Personne ne pourrait y pénétrer. Problème : l'absence de lumière. Et d'oxygène, d'ailleurs. Bon, d'accord, enlevons le couvercle.

Resterait un autre souci : personne ne pourrait plus en sortir non plus. Il faudrait donc dynamiter les falaises pour ménager des brèches qui constitueraient un point faible évident. Même le bois le plus épais ne suffirait pas à les protéger : il serait toujours possible d'y mettre le feu. Une simple flèche enflammée, et tout un empire s'effondre. Or, cette situation dramatique, c'est celle de Hot Hole.

Tu sautes du bus et atterris devant la porte principale de la muraille érigée par les Justes. Les gardes te font entrer dans la colonie.

– Vous êtes combien ? demandes-tu.

Un combattant en *skin* standard écarte les doigts.

– Cinq ??? t'étrangles-tu. Ce n'est pas assez. Soit vous recevez du renfort d'ici dix minutes, soit vous finirez rapidement moins nombreux.

Le garde te connaît depuis longtemps. À ton air catégorique, il comprend que quelque chose se trame.

– C'est si grave que ça ? demande-t-il.

Tu secoues la tête.

– Plus grave encore.

L'homme envoie l'un de ses compagnons rameuter les meilleurs guerriers et guerrières pour les aider à défendre la forteresse, puis il te propose son fusil de sniper. Tu déclines son offre.

– Garde-le. Crois-moi, le moment venu, tu devras faire feu de tout bois pour dégommer tes adversaires.

Tu prends congé des gardes et te diriges vers la maison de Marcellus.

Va en page 12.

Défendre le sommet d'une muraille, rien de plus simple – toutes proportions gardées. D'en haut, les gardes ont une bonne vue d'ensemble. Depuis leur poste d'observation, ils suivent la montée de leurs ennemis, prenant tout leur temps pour viser. Et le moment venu : bang !

C'est parce que ça semble si facile que beaucoup d'armées commettent une erreur : y placer trop peu de guerriers. Pour autant, une occupation plus importante n'est pas une garantie de succès, et la défense des sommets constitue l'un des combats les plus éprouvants qui soient.

Que manigancent les guerriers de Mad Mike ? Tu te mets en route pour le découvrir. Afin d'éviter le plus longtemps possible d'être repéré, tu descends en rappel le long des fortifications de Hot Hole, à bonne distance des points d'accès, puis tu te diriges vers le mur d'enceinte ennemi, progressant avec prudence, guettant les innombrables pièges susceptibles de mettre prématurément fin à ta mission…

Tes ennemis ne s'accordent aucune pause. Infatigables, ils abattent des forêts entières pour faire provision de bois, démolissent les falaises pour récupérer de la pierre et construire un mur qui menace bientôt de devenir imprenable. Un peu plus loin, la cime d'une montagne, nommée « Poor Peak », se dresse vers le ciel. Elle a beau ne pas être très élevée, il n'est pas facile d'y transporter des arbres et des blocs de pierre.

Tu souris. Demain, tu seras passé de l'autre côté du mur. Et tu mettras le feu aux fesses des guerriers de Mad Mike ! Difficile d'imaginer perspective plus sympathique.

Tu te diriges sans tarder vers Poor Peak.

Poursuis page 22.

Tu te mets en quête d'une bonne arme, guettant le passage de combattants ennemis.

Rends-toi page 24.

Comme son nom l'indique, Hot Hole forme un trou brûlant dans le paysage. Globalement, l'eau y est propre, saine, et étonnamment fraîche. Une exception cependant : Stupid Stream, la rivière pestilentielle qui traverse la colonie. Depuis la catastrophe, son bouillon est infecté. Les animaux qui s'y abreuvent finissent quelques heures plus tard sur le dos, ventre boursouflé et yeux exorbités. Selon Marcellus, l'intention de Mad Mike est claire : empoisonner de la même manière les ruisseaux encore sains qui sillonnent la colonie des Justes.

En longeant Stupid Stream à la lueur de la lune, tu en acquiers la certitude : ton chef a visé juste. Trois douzaines de guerriers sont en train de creuser un canal. L'eau contaminée de Stupid Stream est en passe d'être détournée en direction des autres cours d'eau.

S'il ne tenait qu'à toi, tu dégommerais immédiatement l'ensemble de ces sagouins. Empoisonner l'eau est vraiment un crime ; même en temps de guerre, ce devrait être interdit. Malheureusement, tu n'as encore aucune arme à ta disposition, et tes ennemis sont si nombreux qu'ils pourraient t'écrabouiller en un clin d'œil de leur seule biomasse.

Comment faire ?

Plonger dans cette infâme bouillie ? Pas question ! Tu te fraies un chemin parmi les plantes du rivage.

Lis la suite page 20.

Tu t'approches d'eux en te laissant glisser dans l'eau infectée (et en te bouchant le nez).

Rendez-vous page 21.

Pour mourir asphyxié, nul besoin de plonger dans la rivière fétide. En la longeant, courbé en deux, tu es déjà indisposé par la puanteur bestiale qui émane des eaux. Les feuilles des plantes, dures et rasantes comme la lame d'un rasoir, t'écorchent les mains jusqu'au sang, attirant des créatures qui ne sont répertoriées dans aucun manuel de zoologie. Tu dois manier la pioche pour te défaire de leurs assauts. Une vraie partie de plaisir !

Au bout d'un moment, la rivière présente une bifurcation qui te barre l'accès au mur d'enceinte. Heureusement, tu sais qu'il y a un pont un peu plus bas.

Tu choisis le pont.

Continue page 32.

Bah, il paraît que la natation est un sport très complet. Un petit plouf, et le tour est joué !

Poursuis la lecture page 34.

Piégés à Hot Hole

Il n'y a pas grand-chose que tu n'aies déjà vu ou vécu, sur cette *map*. Tu as avalé des asticots pour ne pas mourir de faim, dormi dans des baleines éventrées pour ne pas mourir de froid… Les eaux fétides de Stupid Stream représentent cependant un incommensurable défi. Ça pue à en faire exploser les cloisons nasales. Tout devient trouble devant tes yeux…

Ressaisis-toi, bon sang ! La vie vaut la peine d'être vécue, et c'est la seule dont tu disposes.

Te voilà devant une bifurcation.

Tu empruntes le bras gauche de la rivière.

Va en page 34.

Tu suis le bras droit de la rivière.

Poursuis page 36.

Parvenu au pied de Poor Peak, tu avises une épave de voiture renversée. Tu t'y calfeutres et tu attends. Quoi, exactement ? Tu ne le sais pas. Le déluge, sans doute. À bonne distance, tes ennemis triment, récoltant du bois et des pierres, les transbahutant un peu plus loin. Sur la montagne, cependant, les travaux ne progressent que lentement : aucun des lutins ne s'approche de ton repaire. Tu songes à changer de tactique, quand un craquement de branches se fait entendre dans ton dos. Le bon vieux cliché de tout film d'horreur qui se respecte. Du moins quand il y avait encore des cinémas.

Un type veut te faire la peau. Par-derrière. Dans le genre lâche, difficile de faire mieux. Tu restes parfaitement coi. Un simple coup d'œil dans le rétro suffit. Ton visiteur est un guerrier en *skin* Mâchoires, et il tient un minigun épique serré contre sa poitrine. Waouh ! Un peu plus et tu poussais un petit sifflement appréciateur.

Quand la gueule de requin s'est suffisamment rapprochée (critère : l'odeur toujours plus forte de poisson avarié), tu bondis hors de la voiture. Mâchoires pensait te prendre par surprise, c'est l'inverse qui se produit. Il en fait, une tête ! Tu presses le manche de ta pioche contre sa gorge.

– Réjouis-toi, susurres-tu à son « oreille » de requin. La dernière rencontre de ta vie, c'est Cold Blood Cooper !

À ton nom, les yeux de ton opposant s'écarquillent d'effroi. Tu passes aux choses sérieuses, resserrant un peu plus ton étreinte. Il résiste à peine. Seuls trois tirs fusent – autant de munitions gaspillées.

L'un de tes credo : qui creuse la tombe de Cold Blood Cooper finit par s'y coucher. Bonne nuit, Mâchoires, fais de beaux rêves !

Butin : prends le minigun et les munitions.

Les tirs vont attirer d'autres combattants, mieux vaut déguerpir au plus vite. Tu gravis la montagne.

Rends-toi page 29.

Coooooool… Y'a pas le feu au lac. Tu rejoins Poor Peak d'un pas tranquille.

Lis la suite page 31.

Tu as besoin d'une arme comme le poisson a besoin d'eau. C'est vital. Rien ne t'empêche cependant de t'approcher de Poor Peak tout en restant à l'affût de butin.

À quatre pattes, tu crapahutes dans les fourrés. Tu en es persuadé : une fois au sommet de Poor Peak, tu pourras franchir sans mal l'enceinte fortifiée. Oui, mais pour ça, il te faudra une arme. Tu tournes en rond…

Tu atteins finalement une forêt. Quatre combattants sont en train d'abattre des arbres et d'amasser du bois… Autant de butins sur pattes !

Tu attends que l'un d'eux se retrouve seul.

Rendez-vous page 25.

Tu les défies tous ensemble.

Continue page 27.

Piégés à Hot Hole

D'accord, tu es Cold Blood Cooper. D'accord, tu assures grave. D'accord, ils ne sont que quatre face à toi. Mais ils sont armés. Et à côté de leurs joujoux, ta pioche fait figure de cure-dents. Normalement, même dans ces conditions, tu devrais pouvoir les éliminer. Mais si ce n'était pas le cas, qu'adviendrait-il des Justes ? Dans les trois jours qui suivent, il commencerait à y avoir des morts parmi eux. Même s'il n'y en avait qu'un, ce serait toujours un de trop. Tu ne veux pas porter la responsabilité d'un massacre uniquement parce que tu t'es pris pour King Kong.

Soudain, l'occasion que tu attendais se présente. Zénith, Calamité et Chevaleresse Rouge sont pris à partie par des paysans, laissant Roi de la Rouille tout seul. Tu aurais bien aimé lui faire une petite entourloupe, l'attirer dans un piège et le voir déambuler à travers la forêt, complètement paumé, mais tu n'as ni arme ni matériel. Les seuls éléments dont tu disposes, ce sont ta pioche, ta volonté de fer et l'effet de surprise.

À ta vue, Roi de la Rouille écarquille les yeux de stupeur. Il se met à canarder sauvagement autour de lui avec son minigun. Bang ! Bang ! Bang ! Aucun de ses trois tirs n'a l'ombre d'une chance de t'effleurer. Ta pioche, en revanche, fait plus que le frôler.

Butin : prends le minigun, les munitions et les grenades.

Tu poursuis tranquillement ton chemin en sifflotant.

Poursuis la lecture page 31.

Pas question de flâner ! Il faut franchir le mur d'enceinte au plus vite.

Va en page 44.

Crapahuter dans la fange, ça va bien comme ça. Tu es Cold Blood Cooper, pas un cochon ! À ta vue, les gros durs fondent en larmes, les combattants les plus chevronnés balancent leurs armes et partent en courant ! Bref, ce petit jeu de cache-cache n'a aucun sens : si tu ne remplis pas ta mission au plus vite, les Justes mourront de soif dans les trois jours. Alors tu te redresses.

De toute façon, quatre adversaires, ça te fait bien rigoler.

En te voyant surgir dans le décor, Roi de la Rouille, Calamité, Zénith et Chevaleresse Rouge restent cois. Pas longtemps, cependant. Car ta pioche, après avoir décrit quelques gracieux moulinets, vient fracasser le crâne de Calamité qui s'effondre à terre.

Mince… Désolé. Tu récupères quand même son minigun. Ce serait trop bête de le jeter, non ? D'autant qu'elle venait tout juste de le recharger.

La première salve est pour Chevaleresse Rouge, puis tu te tournes vers les deux autres. Roi de la Rouille a tout juste le temps de t'envoyer un petit projectile de revolver dans la cuisse avant de tomber. Quant à Zénith, il tente courageusement de fuir.

– Hé ! lui lances-tu, furieux. Regarde la mort en face, au moins !

Mais Zénith n'en a manifestement aucune envie. Peu importe, tu lui cribles le dos de balles. Bien obligé.

Butin : prends le minigun, les munitions, les grenades, le revolver et le kit de soin.

Muni de ce butin, tu commences ton ascension de Poor Peak.

Poursuis page 44.

Piégés à Hot Hole

Il est des situations où la fuite est de mise. Et c'est dans la nature des meilleurs guerriers de les reconnaître. Ce n'est pas pour sauver ta peau que tu évites le combat, mais parce que le sort d'un millier de Justes repose entre tes mains. C'est pour eux que tu te plies à une règle élémentaire : ne pas risquer ta vie inutilement.

Des centaines de combattants sont probablement à tes trousses. D'autres t'attendent de pied ferme au sommet de Poor Peak. Entre les deux, pour l'instant, c'est assez tranquille. Tu progresses donc rapidement, et c'est la seule chose qui compte.

Le minigun que tu serres entre tes mains fait comme partie de ton corps. Rechargé, il attend sagement son entrée en scène.

Soudain, Lycan te fait face, les yeux rayonnant de malveillance. Tu n'as pas le temps de viser qu'il a déjà érigé un mur de protection autour de lui. Oups ! Tu as été un peu lent. À trop miser sur ton gadget, tu t'es comporté en nullard.

Dans ce genre de situation, il n'y a qu'une solution : la violence brute. Tu canardes autour de toi comme un fou, encaissant pas mal de coups en retour. Ton énergie et ton bouclier sont au plus bas… Enfin, le loup galeux tombe à terre.

Tu récupères une gourde du brave, mais tu la savoureras plus tard. D'abord, il faut impérativement franchir ce mur d'enceinte, et fissa ! Car votre fusillade n'a échappé à personne – même Marcellus a dû l'entendre.

Credo : quand des visiteurs s'annoncent, mets la table et prépare le café.
Tu abats quelques arbres pour récupérer du bois. Voilà pour la table. Et maintenant ? Quel café prépares-tu à tes poursuivants ?

Butin : prends la gourde du brave.

Tu construis un bunker au milieu de la forêt dans l'objectif d'éliminer le plus grand nombre possible d'ennemis et de rassembler des armes.

Rends-toi page 42.

Ta priorité reste de franchir le mur d'enceinte, mais il te faut davantage de bois.

Lis la suite page 46.

Alentour, les guerriers de Mad Mike vont et viennent pour construire l'imposant mur d'enceinte.

Dans ce contexte, les disputes sont inévitables, mais on n'est pas à un goûter d'anniversaire, et il n'y a pas de parents pour faire la police : quand deux guerriers se chamaillent, ils dégainent leurs armes et, deux secondes plus tard, il n'en reste qu'un.

Alors on est d'accord, les trois petits coups de rien du tout qui viennent d'être tirés sont passés inaperçus, pas vrai ? Qui imaginerait qu'un ennemi est en passe de franchir le mur d'enceinte ?

Il y a cependant une chose à laquelle tu n'as pas pensé : ces trois coups n'ont pas été tirés au hasard. Ils constituaient un signal d'alerte : Bang ! Bang ! Bang !

Parvenu à mi-chemin du sommet de Poor Peak, tu te retrouves face à une vingtaine de combattants.

Bang ! Bang ! Bang !

ColdBloodCooper a été criblé de balles
par LapinRose37 – FIN

Ce machin dégage vraiment une puanteur de malade !

Les tire-au-flanc de Mad Mike se sont défilés pour ne pas se coltiner la tâche la plus importante : la surveillance du pont. Et l'unique gus qui a eu le cran de s'y coller va être puni pour son courage. Quelle injustice.

À ta vue, le combattant en question, Marteau-Pilon, est déjà au bord de l'évanouissement. Il espère que tu es le jouet de son imagination. Peut-être n'es-tu qu'une simple Fata Morgana soudainement surgie des fanges de Stupid Stream ? Eh non ! Désolé, vieux. Marteau-Pilon tombe de son poste de garde et va s'écrouler dans l'eau. Un cadavre de plus pour assurer la putréfaction de la rivière ! Tu as pris soin, en revanche, de récupérer son butin. Et de retirer de ton bras les deux balles qu'il a réussi à y loger avant de tomber à la renverse.

Butin : prends le minigun, les munitions et le kit de soin.

Tu te soignes aussitôt à l'aide du kit de soin.

Rendez-vous page 38.

Tu traverses le pont sans plus tarder et poursuis vers le mur d'enceinte.

Continue page 39.

Finalement, ce n'est pas si compliqué que ça, de nager dans de l'eau contaminée. Il suffit de garder la bouche hermétiquement fermée et, surtout, surtout, de ne pas mettre la tête sous l'eau. Car quitte à se noyer, autant le faire sur une plage de cocotiers.

C'est ce que semble te dire le squelette que tu croises dans l'eau. D'un tapotement à la tempe, tu lui rends un dernier hommage. Ami ou ennemi ? À ce stade de la compétition, ça n'a plus vraiment d'importance. C'était un être humain, comme toi, avec ses souhaits et ses rêves, même si ce n'était pas les bons. Mais qu'est-ce qui pendouille, là, autour de son cou ? Trop gégène, un minigun et un kit de soin ! Merci, vieux tas d'os !

Comme tu tends le bras pour récupérer l'arme, sa pioche vient s'enfoncer dans ta chair. Tes muscles s'engourdissent aussitôt et tu perds des points de vie.

Butin : prends le minigun, les munitions et le kit de soin.

Tu commences par te soigner.

Poursuis la lecture page 38.

Tu escalades la rive et poursuis aussitôt à pied jusqu'au mur d'enceinte.

Va en page 39.

Entre le bras droit et le bras gauche de la rivière, c'est kif-kif bourricot. L'eau n'est pas moins pestilentielle d'un côté que de l'autre. Et tu atteindras le mur d'enceinte dans les deux cas – à condition évidemment que tu surmontes cette épreuve de natation gore.

À travers la pénombre, les jurons des ouvriers de Mad Mike te parviennent à intervalles réguliers. Ces travaux de forçat, ce n'est pas pour les mauviettes. D'ailleurs, deux guerriers se sont retirés en douce près de la rivière, malgré sa puanteur. Les lâches ! Ils ne perdent rien pour attendre.

Sans bruit, tu nages dans leur direction. Ils te confondent probablement avec un tronc de bois porté par le courant. Qui serait assez fou pour se baigner dans Stupid Stream ?

Tu imites le crocodile : seuls tes yeux et ton front émergent de la vase. À présent, tu distingues tes adversaires : Sauveteuse et Fier Destrier. Des *skins* vintages et élégants. Mais ce que tu apprécies plus encore que leur look, c'est ce qu'ils ont entre les mains : un minigun et un lance-roquettes !

Quand ils ne sont plus qu'à un mètre de distance, tu bondis hors de l'eau comme un phoque cherchant à happer le poisson dans la main du gardien de zoo. Aussitôt : Bang ! Bang !

Bang ! Sauveteuse te canarde – sans t'atteindre cependant. Toi, en revanche, pas de problème à ce niveau-là. Ta pioche ne sert pas à dénoyauter les cerises, après tout. Dans la foulée, Fier Destrier descend définitivement de sa monture. Son lance-roquettes, lui, tombe à l'eau et s'enfonce dans la vase. Dommage.

Butin : prends le minigun et les munitions.

Les ouvriers alentour t'ont probablement entendu tirer. Tu quittes rapidement la rive et fonces vers la montagne.

Poursuis page 29.

Ce n'est pas un tir de rien du tout qui va alerter les ouvriers travaillant plus loin. Tu prends ton temps et poursuis ta progression vers la montagne.

Rends-toi page 31.

Ici une éraflure, là une plaie béante… Ça commence à bien faire ! Tu dois te soigner au plus vite. Heureusement, tu possèdes un kit de soin. Et les bords de la rivière regorgent de coins tranquilles pour l'utiliser.

Ah, que ça fait du bien ! Tu te sens renaître. Pour autant, tu n'es pas un bébé : pas de couches, pas de tétine, pas de rot, pas de…

Heu… Dis donc, faudrait peut-être retourner au charbon, non ?

Butin : enlève le kit de soin.

Entre-temps, tu as presque atteint le mur d'enceinte, mais il te manque toujours des ressources. Tu cherches à te les procurer.

Lis la suite page 42.

Bah, un peu de divertissement n'a jamais nui à personne ! Ajoute quelques *kills* pour alimenter ton butin.

Rendez-vous page 41.

Une fois le minigun entre les mains, tu peux bien te l'avouer : sans arme, tu te sens nu. Surtout en mission.

Maintenant que tu es bien équipé, tu progresses à pas de loup vers le mur d'enceinte. En découvrant l'ampleur des travaux, tu es stupéfait. Ce que les hommes de Mad Mike ont réalisé en l'espace d'une seule nuit est vraiment spectaculaire. Heureusement pour toi, leur installation a été conçue pour une attaque de grande envergure et non pour arrêter un homme seul.

Quelques feux de camp jettent une lueur fantomatique contre le mur. En surplomb, les guerriers poursuivent leurs travaux. Ils sont extrêmement nombreux ; manifestement, MMM est parvenu à rassembler les clans ennemis sous son commandement. Tu imagines que pour obtenir leur obédience, il leur a promis le butin des Justes. Tu serres les poings. Tant qu'une goutte de sang continue de couler dans tes veines, tu œuvreras à sauvegarder la liberté !

Et ça commence maintenant. Surgie de nulle part, Ligne Rouge te barre la route. Tu as de la chance : elle est tout aussi peu préparée que toi. Passé l'effet de surprise, vous vous lancez dans le combat. Elle a l'intelligence d'ériger des murs de protection, mais tu les exploites plus habilement qu'elle. Bientôt, tu l'as éliminée sans utiliser une seule balle. Ah, la pioche, tout un art ! *Bye, bye, red warrior !*

Pas de répit cependant : tu entends des guerriers qui approchent.

Tu fuis vers l'unique voie libre, ton minigun toujours chargé à la main.

Continue page 29.

Tu envisages de construire un bunker en bois au plus vite. Pour cela, tu abats des arbres.

Poursuis la lecture page 42.

Oui, oui, tu sais : ce n'est pas le moment de faire mumuse. Il faut vraiment franchir la muraille encerclant Hot Hole au plus vite – avant, en tout cas, que les Justes ne capitulent.

Mais une fois passé le mur d'enceinte, ce ne sera pas pour autant une simple promenade de santé. Mad Mike Molotov n'a certainement pas envahi Hot Hole sans assurer ses arrières. Il a dû laisser quelques équipes en place pour garder ses propres colonies. Tu as donc urgemment besoin d'armes avant de pénétrer sur ses terres.

À la recherche de butin, tu scrutes les environs du mur à la loupe. Mais aucune caisse de ravitaillement ne tombe du ciel, et tes ennemis ne laissent pas leur tremplin en évidence. Quelle misère ! Et pas un nullos à piller en vue !

Enfin, tu avises un coin rempli de bois. C'est toujours ça. Il y en a tellement qu'on pourrait allumer le plus gros feu de l'histoire de l'humanité. Pourquoi ne pas construire un bunker pour attendre tes ennemis ?

En voilà, un super plan ! Mets-toi au travail sans tarder.

Rends-toi page 42.

Sous d'épaisses broussailles, tu aménages un abri qui te dissimule entièrement, tout en prenant soin d'en ériger trois autres alentour pour tromper l'ennemi. Raffinement suprême : tu places dans leurs meurtrières des bâtons qui, dans la pénombre, passent sans mal pour des fusils de sniper.

Tu te terres dans l'abri situé complètement à gauche, tel le chasseur dans l'attente du gibier. Justement, ta proie arrive. Tes proies, plutôt : Vendetta, le Faucheur et Cœur Noir. Pas des sous-fifres !

D'emblée, Cœur Noir balance une grenade dans le bunker de droite. Tu ouvres le feu sur lui avec ton minigun, révélant ainsi ta cachette. S'en approchant, Vendetta tire à bout portant avec son revolver. Ton bouclier fond comme neige au soleil ! Le voilà *down* avant toi. C'était moins une ! Le Faucheur tombe le dernier. Il tente une dernière fois de se relever ; tu ne le laisses pas faire.

Sacrebleu de boudiou, c'était chaud ! Mais le jeu en valait la chandelle.

Butin : prends les poissons, les munitions, la gourde du brave, les grenades et le revolver.

Désormais armé jusqu'aux dents, tu peux franchir le mur d'enceinte.

Va en page 47.

Bon, fini les enfantillages ! Ton minigun en main, tu gravis la montagne à toute allure, couvert par la pénombre. Ta capacité visuelle, aiguisée par les nombreuses heures d'entraînement, surpasse celle de la plupart de tes adversaires, même équipés d'appareils de vision nocturne. À ta gauche et à ta droite se trouvent des équipes de chantier. Tu les frôles sans bruit, courbé en deux. Tu ne veux pas déranger…

Devant toi, sur la montagne, le mur d'enceinte semble grandir à chaque pas. Ce que les combattants de Mad Mike sont parvenus à faire en si peu de temps est proprement prodigieux.

Tu ne perds cependant pas ton temps à contempler les réalisations architecturales de tes ennemis. Tu dois t'exfiltrer au plus vite de cette enclave, il y va de la survie des Justes !

Pourtant, tu ne peux pas éviter totalement le combat. Heureusement, d'ailleurs : après dix minutes sans te battre, tes doigts commencent à rouiller. Une guerrière en *skin* Poudreuse s'est mise en travers de ta route. Waouh ! Elle assure. En temps de paix, tu aurais volontiers fait un slalom avec elle, mais là, c'est la guerre, et tu la laisses dévaler la pente toute seule. Évidemment, après avoir croisé ton chemin, elle ne sera pas en état de reprendre le télésiège. Oh, c'est gentil, elle t'a laissé ses poissons !

Butin : prends les poissons.

Te voilà enfin au pied du mur d'enceinte.

Poursuis page 46.

Contrairement aux autres points de passage du mur d'enceinte, Poor Peak n'est pas bien gardé. Avec une rampe de hauteur moyenne, ça devrait le faire. Tu rassembles du bois dans la forêt avant de revenir à ton poste d'observation.

Visiblement, tes ennemis n'ont pas encore de plan de surveillance bien établi. À certains endroits, une vingtaine de guerriers montent la garde, à d'autres, seulement deux. On dirait que personne ne s'attend à ce que tu passes par là. Tant mieux pour toi.

Tu préfères quand même éviter de traîner.

Lis la suite page 47.

Piégés à Hot Hole

Le temps presse, tu dois à présent franchir ce satané mur d'enceinte ! Deux gardes y sont en faction depuis un bon moment – version sieste. Il faut dire qu'ils s'ennuient à mourir, là-haut.

Courbé en deux, tu te rapproches de la fortification. Parvenu à une dizaine de mètres de distance, tu ériges une rampe. En la matière, ce n'est pas la stabilité qui compte, mais la pente : elle doit être la plus forte possible pour te permettre d'atteindre rapidement le sommet du mur.

Des deux gardes qui t'ont enfin repéré, c'est Phalène qui semble avoir le plus de répondant, mais il peine à viser à si courte distance avec son fusil de sniper. Les balles de ton minigun, en revanche, vrombissent autour de sa tête. S'il avait des velléités de s'acheter des boucles d'oreilles, ce serait maintenant ou jamais : tu lui as déjà percé quatre trous au niveau des lobes. À l'instant même où tu l'achèves, trois de ses tirs t'atteignent à l'épaule et la douleur te brouille la vue. Mais tu te ressaisis très vite. Credo : la douleur n'est qu'une faiblesse temporaire.

En un tournemain, tu finis de construire ta rampe, cette fois à couvert d'un mur de protection.

La deuxième garde, Zoey, continue cependant à te canarder. Quand son quatrième tir reste fiché dans ta cuisse, tu deviens légèrement grognon. Elle l'aura voulu…

Tu finis tes travaux de BTP puis, une fois au sommet de la rampe, tu te retournes et fixes une dernière fois ton adversaire. Elle vise sacrément bien, il faut le lui accorder. Ce que tu ne vas pas lui accorder, en revanche, c'est de continuer à vivre.

– *Arrivederci !* lances-tu au moment où elle s'affaisse tête la première dans la boue.

Un guerrier standard accourt sur ta droite. Un nul absolu. Trois tirs, et tu as calmé ses ardeurs de débutant.

Au loin, une chouette pousse un cri. Tu empoches le revolver de Zoey et tu rengaines ton minigun.

Utilise tout ce que tu as sous la main pour te soigner, c'est le moment.

Jusqu'ici, à l'aise Blaise. Le plus dur commence maintenant.

Butin : prends les munitions, le revolver (si tu n'en as pas encore) et les grenades, enlève tous les objets de soin.

D'un bond, tu franchis le mur. Les espoirs de mille Justes guident tes pas. Tu ne les décevras pas.

Rendez-vous page 49.

Cours vite : la cible, c'est toi !

Tu atteins enfin le sommet du mur d'enceinte. Tu te sens comme un alpiniste lors de sa première ascension d'un col difficile. Tu as franchi une fortification que les centaines de femmes et d'hommes de Mad Mike ont érigée dans la fièvre. L'ouvrage est tellement imposant qu'on le voit sans doute depuis l'espace !

Une dernière fois, tu te retournes pour contempler Hot Hole, qui s'étend dans la vallée en contrebas, mais ton esprit, lui, est déjà concentré vers la suite. Le passé est passé, il ne sert à rien d'y penser. Le futur n'a pas encore commencé, personne ne peut prédire ce qu'il réserve. Le seul moment que tu peux influencer, c'est le présent.

Tu envisages de prospecter différents territoires de la *map* : Foggy Forest, la forêt plongée dans une brume éternelle, Dirty District, une colonie de petites villes balnéaires à l'abandon, et quelques cités fantômes dont tu as entendu parler. Ton but : établir si l'un d'eux constitue un endroit viable pour les Justes.

Plusieurs kilomètres de marche te séparent des plus proches, Foggy Forest et Dirty District, mais le jour est encore jeune, et tes jambes aussi. Le soleil se lève, réchauffant ton visage. Cependant, tu ne te laisses pas griser. Tu penses aux Justes, vieillards, femmes, hommes et enfants, qui ne savent pas s'ils verront le soir. Poings serrés, tu lances à la face des dieux :

– Soyez de mon côté, les gars ! Des types comme Mad Mike n'ont pas le droit de remporter la mise !

Les dieux te répondent à l'unisson :

– On est d'accord sur le principe, Bob, mais faut que tu te bouges. Quand on veut gagner au loto, on achète un ticket.

OK. Ça te va. Tu apprécies ce langage franc et direct.

Tout en descendant du mur d'enceinte, tu contrôles ton sac à dos. Il est rempli à ras bord d'armes et de munitions, autant de chances de rafler la mise.

Tu gagnes Foggy Forest en bateau à moteur en suivant la rivière, Stupid Stream, qui continue de l'autre côté de la muraille.

Continue page 52.

Dirty District te semble plus prometteur. Tu empruntes un véhicule garé en contrebas pour t'y rendre.

Poursuis la lecture page 54.

Yeah ! Tu adores les hors-bord ! C'est la meilleure invention au monde après le barbecue.

Tu démarres le moteur. Aussitôt, un frisson de plaisir te parcourt l'échine. Le vrombissement fait palpiter chaque partie de ton corps. Même tes os se mettent à cliqueter en cadence.

D'après ta carte, en suivant le courant de Stupid Stream, tu devrais arriver jusqu'à Foggy Forest. Tu savoures le trajet. Si tant est que la fatigue de la nuit blanche avait commencé à se faire sentir, elle s'est miraculeusement envolée.

Ton sentiment de bien-être ne t'incite cependant pas à baisser la garde ; tu ne perds pas de vue les rives. Tu es Bob « Cold Blood » Cooper : tu ne te laisses jamais distraire de ton objectif. Même un magnifique lion en train de boire au bord d'une rivière surmontée d'un arc-en-ciel ne t'arracherait qu'un léger frémissement de sourcil.

Quand la rivière s'élargit, tu coupes le moteur, puis, tout en méditant sur les prochaines étapes, tu jettes une ligne à l'eau. Quelques poissons, ça peut toujours être utile. Avec un peu de chance, un bleuvageon va mordre à l'hameçon.

Tiens, en voilà un ! Trop facile…

Tes yeux scannent les environs avec une extrême précision. Tout est calme. Trop calme à ton goût. Jamais MMM n'aurait envoyé la totalité de ses troupes à Hot Hole. Où sont les autres ?

Tu veux vraiment le savoir ?

Hum ?

Butin : prends le bleuvageon.

Tu explores les environs du regard, restant sur le qui-vive.

Va en page 56.

Tu tires en l'air pour faire un max de bruit, histoire d'en avoir le cœur net.

Poursuis page 58.

Yeah ! Tu adores les moteurs en général. Le vrombissement, l'odeur, la vitesse, le cliquetis de tes os… Du bonheur en barres ! Tu pourrais boire de l'essence au petit déj. Par litres.

Le véhicule qui rouille gentiment au bord de la route s'avère être une voiture de sport. Des comme ça, on n'en fait plus. Une merveille de métal, de cuir et de verre… Du sur-mesure. La grande classe ! Chaque instrument de bord est à sa place, aucune babiole inutile. Et puis… Divine surprise ! Un fusil d'assaut repose sur le siège passager !

Tu te glisses à la place du conducteur et enclenches la première. Plongeant ta main sous le volant, tu attrapes quelques câbles et établis un court-circuit. La clé pendouille peut-être derrière le pare-soleil, mais c'est ainsi qu'on fait démarrer un moteur, sous ces latitudes.

– Désolé de t'esquinter ! lances-tu à ton nouveau joujou.

Le moteur gémit. Pas de douleur, pas de tristesse, non : il gémit comme une bête affamée juste avant l'attaque.

– Pas mal ! souffles-tu.

Bon, c'est bien sympa de faire connaissance, mais le but, c'est quand même de gagner Dirty District au plus vite.

Et cette superbe 300 ch va t'y conduire en toute décontraction.

Butin : prends le fusil d'assaut et les munitions.

Tu fonces tout droit sur la route principale (tâche de rester entier).

Rends-toi page 70.

Tu empruntes des chemins de traverse.

Lis la suite page 72.

Moteur éteint, tu commences à réfléchir, bercé par le courant qui continue à faire avancer ton embarcation. Que manigance exactement Mad Mike Molotov ?

En bon joueur d'échecs, tu cherches à anticiper les coups de ton adversaire et à combiner ses possibles réactions. C'est en procédant ainsi que tu as assuré ta survie jusqu'ici, et tu comptes bien continuer sur cette lancée dans les années à venir.

Tu poursuis tes réflexions au sujet de ton ennemi juré au moment où les premiers arbres de Foggy Forest se dessinent à l'horizon. Certes, Mad Mike veut du butin et des matériaux, mais son objectif ultime, c'est de t'envoyer en enfer. À tout jamais.

Tu secoues la tête, incrédule. Un tel effort juste pour t'attirer en terrain ennemi ? L'accueil risque d'être explosif !

Un tir vient se ficher dans la coque de ton bateau, confirmant tes soupçons. Il n'y a pas trente mille endroits hospitaliers sur la *map* où les Justes sont susceptibles de s'installer ; Mad Mike le sait, il sait que tu vas venir inspecter les lieux. Et c'est pourquoi il a placé ici même des guerriers armés jusqu'aux dents.

Cours vite : la cible, c'est toi !

Tu bondis par-dessus bord juste avant que le réservoir de ton bateau n'explose. Allez, retiens bien ton souffle. Rien de tel qu'un petit plongeon dans la rivière la plus pestilentielle de la *map !* Le monde entier est contre toi ; tu ne peux rien imaginer de plus sympathique.

Tu gagnes la rive à la nage, puis tu te diriges vers la forêt au pas de course.

Rendez-vous page 61.

Tu parcours à la nage la distance qui te sépare de la forêt.

Continue page 64.

Credo : si tu veux assister à une course de cafards, mets le feu à la piaule.

Certes, comparer les guerriers de Mad Mike à des cafards, ce n'est pas très charitable pour les adorables petites bêtes. Ton objectif, néanmoins, est de faire sortir ces crapules de leur trou. Pour cela, tu brandis ton arme et tu vides ton chargeur en l'air. Couvert par la fumée des balles, tu bondis sur la rive et cours en direction de Foggy Forest.

La réaction ne se fait pas attendre. Au travers des voiles de brume qui flottent au-dessus de la forêt comme des esprits frappeurs, des silhouettes bien réelles surgissent… Les guerriers de Mad Mike sortent du bois, c'est le cas de le dire ! La brume vous dissimule les uns aux autres, mais les tirs ont titillé leur curiosité.

Parmi eux, Graffeuse de Tilted est la seule à se comporter raisonnablement : au lieu de tendre le cou comme le font ses acolytes, elle se penche en avant pour se protéger. Ce qu'elle tient entre ses mains te fait saliver : un fusil d'assaut ! En comparaison, ton minigun fait pâle figure.

Ce joujou, tu le veux. Tu te concentres donc sur sa propriétaire : tu inondes Graffeuse de Tilted d'une salve bien nourrie tout en te réfugiant derrière un bateau retourné. Tes deux premiers tirs atteignent leur cible, le troisième, en revanche, ne fait qu'effleurer l'arbre derrière lequel elle s'est cachée. Zut ! Le brouillard l'enveloppe, à présent ! Tu ne peux que deviner où elle se trouve. Tu balances une deuxième fournée au petit bonheur la chance. *Yes,* ça a marché ! Elle s'écroule.

Tu te tournes vers les autres. Une guerrière standard vide son revolver à l'aveuglette, plus ou moins dans ta direction. Tu la descends en un clin d'œil. Il n'y en avait pas une autre qui se baladait... ?

Si, la voilà, là-bas. Ne vous bousculez pas, Papa Bob a des bonbons pour tout le monde ! OK, un peu meurtriers, les bonbons. La troisième larronne te vise avec son fusil sniper. Tu encaisses deux tirs, mais elle s'en prend cinq. Dors bien, Crépuscule !

Butin : prends le fusil d'assaut, le fusil sniper, les munitions et les poissons.

Tu retournes à l'eau pour finir le trajet jusqu'à la forêt.

Poursuis la lecture page 64.

Tes ennemis ? Anéantis. Ton camouflage ? Satisfaisant.

Gagne la forêt à pied.

Va en page 65.

Cours vite : la cible, c'est toi !

Ah ! Enfin un peu d'action ! Méditer et pêcher à la ligne, c'est bien gentil, mais au bout de dix minutes, c'est la barbe ! Te revoilà plongé dans ton écosystème naturel : le champ de bataille.

Tu t'octroies une courte pause, dissimulé derrière les plantes du rivage, puis, minigun en joue, tu foules à nouveau la terre ferme. Les troupes de Mad Mike sont tapies à la lisière de la forêt. Bientôt, elles seront à terre, avec les mouches pour seules compagnes.

Tu as encore du bois en réserve. Tu l'utilises pour ériger un mur de protection à mesure que tu t'approches de la zone de tir. Combien de guerriers guettent ton arrivée ? De nouvelles détonations retentissent. Deux secondes plus tard, ton mur est criblé de trous. Mais tu es plus rapide que ces poulets aux hormones. Non seulement tu détermines leur position, mais en plus tu as quelques grenades sur toi. Trop bête pour eux. Tu balances la troisième que la première n'a pas encore explosé. Bam ! Bam ! Bam !

Quatre combattants sortent du bois, titubant de frayeur. Waouh, quels *skins !* Ils ne les ont sûrement pas trouvés au discounter du coin, ceux-là : Marin VS Ressac, Déclic,

Étincelle et Carburo. Mais pourquoi se comportent-ils comme des navets, alors ? Déclic est à terre, Marin semble complètement désorienté, et Étincelle est déjà en train de trier ses osselets. Seul Carburo, contenant la panique qui envahit son cerveau de reptile, agit avec un semblant de logique. Maîtrisant son corps dopé par l'adrénaline, il brandit son fusil d'assaut. C'est presque dommage de devoir l'éliminer, celui-là. Il a un super potentiel. Trois tirs plus tard, tu conjugues cependant la phrase à l'imparfait.

La deuxième à partir explorer l'au-delà, c'est Déclic, bientôt rejointe par Étincelle. Marin VS Ressac veut ériger un mur, mais il a juste le temps de construire une pauvre palissade déglinguée. Tu réprimes un bâillement. Bon, s'il faut vraiment sacrifier une quatrième grenade… Voilà qui est fait. Et maintenant : en avant, le butin !

Une petite danse ? Carrément ! C'est parti pour une Banana Nana !

Butin : prends le fusil d'assaut et les munitions.

Ça pullule forcément de guerriers, par ici. Mieux vaut retourner dans l'eau.

Poursuis page 64.

Tu les as tous dégommés. Tu peux tranquillement poursuivre à pied jusqu'à la forêt.

Rends-toi page 67.

Tu te prends pour un serpent marin glissant sans bruit vers sa victime. La surface de l'eau reste lisse comme un miroir. Quand tu ressors de la rivière, tu sais que tu es passé inaperçu, tu en mettrais ta main à couper.

Encore un sprint de 63,23 mètres avant d'être à couvert. Tu devrais les parcourir en moins de sept secondes. Hey, tu connais tes performances par cœur !

Tu te mets mentalement dans les starting-blocks, les fesses en l'air. Un clic sur le chronomètre et c'est parti !

Génial, tu es dans une forme splendide ! Tu vas sans doute battre ton record personnel. Plus que quinze mètres, plus que dix…

Aïe !

C'était quoi, ça ?

ColdBloodCooper a marché dans un piège.
Quel idiot ! – FIN

Tu te diriges vers Foggy Forest courbé en deux. Certes, tu as déjà éliminé pas mal de brebis galeuses, mais il y en a d'autres qui t'attendent de pied ferme. Mad Mike n'aura pas manqué de placer quelques-uns de ses fins limiers dans les voiles de brume. De toute façon, tu restes toujours sur le qui-vive, c'est un principe. Pas question de te retrouver offert sur un plateau.

Tu atteins cependant les premiers arbres sans encombre et pénètres enfin dans les légendaires nappes de brouillard. Au cœur de la forêt se trouve un étang pourvu d'une eau fraîche et saine. C'est sans doute cette étendue d'eau, ainsi que les différences de température extrêmes, qui sont à l'origine de l'atmosphère d'étuve qui règne en ces lieux. Le gros avantage, c'est qu'il est facile de s'y camoufler. Mais de là à y vivre…

Ton doute s'accroît à mesure que tu progresses dans la forêt. On ne voit pas plus loin que le bout de son nez. Comment retrouver ses enfants, dans ces conditions ?

Soudain, un coup violent te perfore l'épaule. Un tir à bout portant ! Tu réagis plus vite que ton ombre : genoux à terre, volte-face, tir. L'espace d'un instant, tu espères qu'une tache de sang va se répandre au sol comme sur une étoffe. Mais non : tes balles se perdent dans le lointain.

Un nouveau tir retentit. Il ne provient pas de ton arme, cette fois, et il frappe ton autre épaule ! Ton assaillant a des yeux de lynx ! Tu ne vois rien du tout, toi, dans cette purée de pois !

Bang ! Cette fois, c'est ton ventre qui est touché. Tu t'affales contre un tronc d'arbre et tu te laisses glisser à terre, tentant de reprendre ton souffle. Quand tu te redresses, ton ennemi invisible te fait danser : trois coups gagnants.

Damned, tu es sacrément *low !* Une autre balle, et c'en sera fini de Cold Blood Cooper.

Maintenant, au moins, tu sais d'où proviennent les tirs. Tu jettes deux grenades dans cette direction. Un cri étouffé se fait entendre. C'est terminé. Tu ne sauras jamais qui t'a infligé de telles blessures.

Marre de la brume. Tu tentes de gagner une zone plus dégagée.

Lis la suite page 69.

Foggy Forest – le nom est magique. D'emblée, tu as l'impression de pénétrer au cœur d'un monde fabuleux. Tout semble enveloppé dans la ouate. Ici et là, des branches noires dégarnies percent l'épaisseur de la brume. D'invisibles oiseaux crient – ou comment dit-on quand les bêtes à plumes ouvrent le bec ?

Tu sais cependant que les contes de fées sont aussi peuplés de sinistres créatures, de sorcières, d'ogres – ou plus probablement, dans le cas présent, de guerriers spécialement formés par Mad Mike pour que tu finisses exposé, telle Blanche Neige, dans un cercueil de verre. Sur la place principale de Hot Hole, de préférence.

Tu arrives dans une clairière où le brouillard se dissipe quelque peu. Devant toi se dresse une cahute. Une lueur fantomatique brille à l'intérieur, laissant tomber un rai conique sur le jardin.

Et puis tout va très vite. Quelqu'un te guettait, tapi dans une poubelle devant la maison. Des balles de revolver te sifflent aux oreilles. En même temps, tu tombes dans la ligne de mire d'un fusil de sniper. Tu encaisses plusieurs coups avant même d'avoir pu dégainer. Tu dois rassembler toute ta force et ton courage pour riposter. Le premier attaquant peut rester dans sa poubelle : une petite balle, et tu refermes direct le couvercle. Dissimulé dans la maison, le sniper en *skin* Marin VS Ressac en prend aussi pour son grade. Ouf !

Mais c'était quoi, ce plan ? Il faudra mieux vous organiser à l'avenir, Mister Bob Cooper !

Tu sors vainqueur de cette bataille, mais tu as urgemment besoin de te soigner. Ce que tu fais aussitôt.

Butin : prends le fusil de sniper et le kit de soin, enlève le kit de soin.

Tu poursuis ta route.

Rendez-vous page 84.

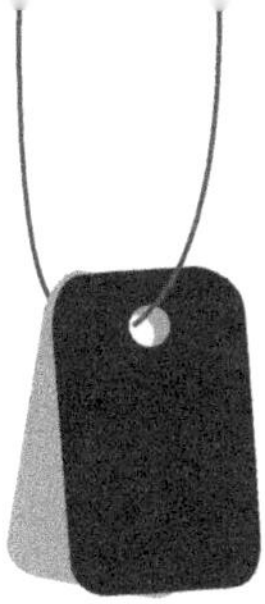

Cours vite : la cible, c'est toi !

Tu n'aimes pas le reconnaître, mais tu es dans un état déplorable ! Avec ton visage livide et ta jambe boiteuse, on dirait un vieux papi. Ta vie et ton bouclier sont presque à zéro. Autrement dit : tu n'es plus que l'ombre de toi-même. Ah, il est beau, le guerrier épique et célébré !

Et voilà qu'arrive ce qui ne devait pas arriver : on te tire dessus. Panacée en l'occurrence. Et elle t'atteint. Une fois. Deux fois. Trois fois. Et… Tu te sens mieux ! C'est à n'y rien comprendre !

Au bout d'un moment, le mystère se dissipe : ne t'ayant pas reconnu, elle a tiré sur toi avec un bazooka à bandages.

Revigoré, tu te lances dans une petite danse…

La gratitude, ce n'est pas ton truc : tu la pourchasses sans répit jusqu'à Dirty District.

Continue page 78.

Tu la laisses en vie pour la remercier et tu tailles la route.

Poursuis la lecture page 84.

Fonçant sur le *highway*, tu te prends pour le roi du monde. Tu écrases tellement le champignon que l'aiguille du compteur tremble. Le pot d'échappement crépite. Ce qui est ennuyeux, c'est que tu mets un temps dingue à entendre l'autre crépitement. Celui de l'avion que tu finis par apercevoir dans ton rétroviseur et qui se rapproche dangereusement de ton bolide. Quant aux petits cadeaux qu'il envoie et qui viennent frapper l'asphalte alentour, ce ne sont pas des confettis !

Un coup violent secoue ton véhicule. Quelque chose de lourd a atterri sur le toit. Un battement de paupière plus tard, tu constates qu'il s'agit d'un homme de Mad Mike en *skin* Platine. Son visage d'acier te lance un sourire narquois à travers la fenêtre. Son premier tir fait exploser la vitre. Le prochain sera fatal…

On n'y est pas encore. Tu braques le volant à gauche. Platine titube sur le toit, le gant toujours fermement agrippé à la vitre brisée. Puis tu braques à droite. Platine s'accroche comme il peut à la portière. Dégainant ton minigun, tu le cribles de balles. *Done !*

Puis tu freines. L'avion s'est garé un peu plus loin, près d'une villa. Entre lui et toi, il y a un étang.

Tu traverses l'étang à la nage pour rejoindre la villa.

Va en page 64.

Tu contournes l'étang à pied.

Poursuis page 74.

Les chemins de traverse, tu adores ça. Ça fait plein de poussière sous les roues quand on met le turbo !

Tu écrases le champignon à en défoncer le plancher. Ton compteur s'affole. Cool, un grand parking, là-bas ! Tu vas pouvoir t'amuser un peu. Quand tu l'atteins, tu décélères et repasses en première. Puis tu braques ton volant pour effectuer un demi-tour. Tu fais hurler ton moteur en contrant la force centrifuge. Relax comme un cow-boy, tu effectues une série de *donuts*. L'espace d'un bref instant, tu oublies Mad Mike, le siège de Hot Hole, la catastrophe en cours… Tu en oublies presque ton nom. Gulliver ? Harry Potter ?

Puis tu reviens à la réalité, modifiant graduellement l'angle de ton volant jusqu'à rouler de nouveau tout droit.

Tu prends encore quelques virages avant d'atteindre les confins de Dirty District. Il est temps de prendre congé de ton bolide. Tu te gares au bord de la route. Un dernier bisou sur le toit – l'amour, c'est beau et fort, mais il faut savoir partir avant que ça dégénère. Surtout qu'à quelques dizaines de mètres, des canons brillent aux fenêtres d'une villa.

Tu gagnes la villa en contournant l'étang qui t'en sépare.

Rends-toi page 74.

La villa ne t'intéresse pas. Tu cherches à obtenir une vue d'ensemble du district.

Lis la suite page 76.

Cette villa idyllique semble sortie tout droit d'un catalogue. Un magnifique jardin s'étend devant la bâtisse. De l'intérieur te parvient un doux gazouillis de balles…

L'une d'entre elles vient justement se ficher dans ta cuisse. Malgré cette dose de plomb supplémentaire, tu parviens à te ruer vers la porte d'entrée. En chemin, ta pioche entre en action : tu rassembles une petite réserve de bois, puis, ton minigun en joue, tu pénètres dans la maison.

Dans la première pièce du rez-de-chaussée, une grande quantité de butin te tend les bras, mais tu ne tombes pas dans le panneau : tu as tout de suite senti la présence du piège à piquants placé au plafond. Tu te précipites dans l'escalier menant à l'étage. Les pièces sont meublées avec goût, mais tu n'es pas là pour parler déco. Enfin, Valora, la propriétaire des lieux, daigne se montrer. Elle arbore son *skin* avec fierté, comme on porte une médaille.

Vous échangez des tirs. Chacun d'entre vous encaisse un coup. Ensuite, refusant le corps à corps, elle se retranche dans une chambre. Au lieu de la suivre, tu effectues un détour par le toit, éliminant quelques crapules au passage. Voilà que tu retombes sur Valora. Vous tirez à nouveau coup sur coup, puis elle disparaît pour la deuxième fois. Ça commence à bien faire !

Tu sécurises la pièce à l'aide de palissades tout en récoltant davantage de bois. Valora reprend du service, te canardant tous azimuts. Sauf que cette fois, tu es préparé. D'une grenade, tu l'envoies rejoindre ses ancêtres. Pfiou…

Tu éponges la sueur de ton front avant de récupérer son butin. Cette combattante était une pêcheuse assidue : elle laisse derrière elle des poissons de toutes les couleurs que tu avales sans plus attendre. Les affaires reprennent !

Tu te diriges vers les pièces du rez-de-chaussée que tu n'as pas encore visitées pour récupérer les trésors qui s'y trouvent, quand tu aperçois une silhouette qui se glisse hors de la maison. Tu as eu le temps de reconnaître son *skin:* Panacée VS Toxine.

Butin : prends les munitions et les poissons.
Enlève les poissons.

Panacée VS Toxine s'enfuit. Tu la poursuis.

Rendez-vous page 78.

Avant la catastrophe, Dirty District était une zone résidentielle huppée habitée par les franges les plus riches de la population. Aujourd'hui encore, les rues sont bordées de villas cossues et de jardins à l'anglaise. Le quartier respire le luxe et l'argent jeté par les fenêtres, mais il n'en conserve pas moins un certain charme, même saccagé comme il l'est à présent. Tu ne te laisses pas distraire pour autant : des combattants de MMM sont forcément dans les parages. Et eux, c'est à ton charme à toi qu'ils sont censés mettre fin.

Tu commences par accroître tes réserves de bois, de pierre et de métal, puis tu ériges un mur sur la moitié de la longueur de la rue. C'était moins une : une grêle de balles s'abat de toutes parts sur ta paroi. Tu as fort à faire pour assurer ta protection. Tu achèves deux guerriers sur un coup de chance, mais – c'est pas vrai ! Ils sont combien à tes trousses ? Dix ?

Tu construis une rampe que tu gravis à toute allure. Camaïeu VS Allure veut t'emboîter le pas, mais elle mord la poussière avant. Et d'une. Trois *skins* standards la rejoignent dans l'au-delà. Ça fait quatre. Roi de la Rouille et Exploratrice

Lunaire les suivent de près. Six. Une brève accalmie, puis Apogée VS Intrépide se fait liquider à son tour.

Sept.

Fini.

Danse.

Récolte.

Tu poursuis ton objectif : obtenir une vue d'ensemble de la ville.

Butin : prends les grenades et les munitions.

Tu escalades un beffroi.

Continue page 80.

Tu prends d'assaut une colline.

Poursuis la lecture page 82.

La combattante qui est en train de se faufiler entre les immeubles de Dirty District à cinquante mètres de distance a une tenue de secouriste. Panacée VS Toxine est-elle seule ? Cherche-t-elle à t'attirer dans un piège ? Seul moyen de le savoir : entrer dans son petit jeu et prendre le rôle de l'appât.

Ton adversaire tourne dans une rue bordée de villas étonnamment bien conservées. Soudain, un tir te surprend : tu en perçois la lueur avant le bruit. Heureusement que tes réflexes sont prodigieux : tu te jettes à terre à la vitesse de l'éclair. La balle du sniper ne fait que t'effleurer les côtes. Plus haut, c'était l'aorte. Avant que le perfide tireur ait rechargé son fusil, tu fonces te réfugier derrière un tronc d'arbre. Panacée a disparu, mais le sniper t'a toujours en ligne de mire. D'un bond, tu te camoufles derrière le mur extérieur de la propriété où il est retranché, puis, décrivant un grand arc de cercle, tu gagnes la villa. Tu construis alors un escalier pour atteindre le toit, et, avec ta pioche, tu te fraies un chemin jusqu'au grenier. Te voici face à Grenouillère, que tu élimines sans le moindre état d'âme. Accourue prêter main-forte à son amie, Panacée VS Toxine connaît le même sort.

Une petite danse ? *Yeah !* Inventes-en une !

Butin : prends le fusil de sniper, les munitions, les grenades et les poissons.

Ta faim de butin n'est pas encore assouvie, *go for more !*

Va en page 86.

Comment disait ta grand-mère, déjà ? « Mon garçon, avant de rencontrer les parents de tes amis pour la première fois, veille à être propre comme un sou neuf ! On ne peut jamais effacer une première impression. » Depuis, tu continues de te laver scrupuleusement de la tête aux pieds tous les matins, quand bien même les parents de tes amis sont morts depuis belle lurette – tout comme 98 % de la population, du reste – et qu'il est difficile, par les temps qui courent, de donner une première impression à qui que ce soit sans que ce soit aussi la dernière.

En l'occurrence, ta première impression de Dirty District est cataclysmique. Nul besoin de grimper sur ce beffroi pour savoir que l'endroit n'est pas le bon, certainement pas à cause de ces villas huppées, tout au contraire : on pourrait y héberger un millier de personnes, mais le site n'a pas de limites claires ; compliqué d'assurer la sécurité des Justes dans ces conditions. Pourtant, tu montes quand même, par acquit de conscience, et tu scrutes les environs avec soin. Non, pas de doute : ce ne serait pas raisonnable de les faire venir ici. Ils y vivraient dans une inquiétude permanente, pire encore qu'à Hot Hole.

Fort de cette certitude, tu redescends du beffroi. Alors que tu es à mi-chemin, une grenade explose juste au-dessus de toi. La moitié du clocher est arrachée par la déflagration, et une pluie de débris te tombe sur la tête. À la hâte, tu construis une toiture en bois. Les balles commencent alors à fuser, l'une d'elles t'atteint même à l'épaule.

Ton assaillant porte un *skin* Maître Occulte. Tu ne l'avais encore jamais vu en vrai, celui-là ! Tu fonds sur lui avec ton revolver. Une fois la paix retrouvée, tu retires la cartouche fichée dans ton épaule.

Décidément, Dirty District ne te plaît pas du tout.

Allez, il est temps de récupérer un peu de butin.

Poursuis page 86.

Dans tout film de guerre qui se respecte, un millier de héros partent à l'assaut d'une colline et, en général, la plupart trouvent la mort dans l'expédition. Pourtant, à la fin, les survivants font quand même la fête parce qu'ils ont réussi à libérer le prisonnier à cause duquel la guerre a commencé.

Pour toi, c'est exactement le contraire : c'est toi, seul, qui œuvres à libérer mille personnes. Alors tu as plutôt intérêt à survivre.

Soudain, deux mamies en *skin* standard essaient de te barrer la route. Leurs velléités sont vite calmées. Pareil pour les trois papis qui t'attendent au sommet de la colline.

D'en haut, tu balaies les environs du regard. Cette vue d'ensemble te confirme ce que tu pressentais déjà : Dirty District n'est pas un endroit pour vivre. Ni pour mourir, d'ailleurs.

Ce secteur a néanmoins un avantage : c'est le paradis des chercheurs de butin.

Paradis ? Tu cèdes à la tentation et tu vas récupérer le plus de butin possible.

Rends-toi page 86.

Paradis ? Mais alors, c'est sûrement Ève, que tu vois là-bas ! Suis-la !

Lis la suite page 78.

Ah, c'est tellement bon de se sentir vivant ! Tu es enfin soigné, et une énergie puissante pulse dans ton corps balafré de cicatrices. Ton bouclier est de nouveau à 100, ta vie aussi. Tes pensées vont vers les Justes de Hot Hole. Eux aussi ont le droit de se sentir vivants ! Aujourd'hui, demain et l'année prochaine. Tu vas leur dénicher un nouveau foyer. Tu le leur promets en pensée.

Certes, ce ne sera sûrement pas Foggy Forest, mais tu vas inspecter sans plus attendre d'autres endroits de la *map*.

Tel un ver de terre se débattant dans du chewing-gum, tu te fraies un chemin dans les nappes de brume, quand soudain, tu t'étales de tout ton long. Tu viens de buter contre un tremplin perdu dans le brouillard ! Si ce n'est pas de la chance, ça y ressemble. Guilleret, tu poursuis ta route en direction de Dirty District. Au bout d'un moment, tu distingues ce qui se trouve un peu plus loin que le bout de ton nez. Et avises un terrain de jeux.

Butin : prends le tremplin.

Un peu de balançoire ? C'est parti.

Rendez-vous page 88.

Le toboggan, non merci ! Tu préfères partir explorer des villes abandonnées.

Continue page 91.

Le butin, c'est bien. Une balle dans le bidon, c'est canon. Enfin… Seulement si ce n'est pas dans le tien, mais dans celui du type en *skin* Octuple VS Scratch. Tu as engagé une petite discussion avec lui pour savoir si les items dont regorge cette sympathique villa lui revenaient à lui ou à toi. Et tu avais les meilleurs arguments.

Tu te sens plutôt bien équipé pour la suite des événements !

Butin : prends le tremplin, les pièges à piquants, les munitions et les grenades.

Disposer d'un peu plus de bois et de pierres ne serait pas mal. Une visite du jardin est tout indiquée.

Poursuis la lecture page 87.

Tu quittes au plus vite ce trou à rats.

Va en page 88.

Pfiou… Des gouttes de sueur dégoulinent vers le sol. À présent, le soleil est à son zénith, et toi, tu n'as rien trouvé de mieux que de casser des pierres et d'abattre des arbres. Bravo.

Mais tu es Cold Blood Cooper, et tu trimes avec le sourire. Ça fait les muscles, après tout, et plus ton corps est blindé, moins les balles de tes adversaires t'affaiblissent.

Quand tu as fait le plein, tu remballes ta pioche à contrecœur. Bon, c'est pas tout ça…

… Mais tu as envie de t'amuser un peu. Ça tombe bien, tu repères un terrain de jeu, là, droit devant toi.

Poursuis page 88.

Bienvenue sur le terrain de jeux de Dirty District !

La brise agite doucement la balançoire. Aussitôt, des images de film d'horreur viennent hanter ton esprit. Une balançoire vide, c'est toujours le symbole d'un crime, d'un enfant disparu. Avant, cela te faisait frissonner d'effroi. Désormais, c'est toi qui fais frissonner les criminels.

Tu observes les environs, déçu de ne rien découvrir d'intéressant. À part… Ce fusil de sniper posé par terre ! Et ses munitions !

Et ce tunnel, là-bas…

Butin : prends le fusil de sniper et les munitions.

Quelque chose t'intrigue dans ce tunnel. Tu vas l'inspecter.

Rends-toi page 89.

Pas de massacreur à la tronçonneuse à l'horizon.

Tu quittes les lieux.

Lis la suite page 91.

Cours vite : la cible, c'est toi !

Le tunnel traverse les profondeurs de Dirty District. Avant, de bon matin, de grosses voitures le parcouraient, conduisant les enfants à l'école et les parents au travail. Entre-temps, des ratons laveurs y ont construit un terrier rempli de feuilles, de branches et d'ordures.

Malgré tout, l'endroit t'attire étrangement. Parvenu à mi-chemin, tu comprends pourquoi : au plafond, les tubes de néon brillent toujours. Cela te frappe au moment où la lumière de l'un d'entre eux se met à vaciller avec le grésillement caractéristique d'une nuée de papillons de nuit en train de griller.

Soudain, tous les néons s'éteignent. L'espace d'un instant, tu ne distingues plus rien, puis des lueurs de tir se mettent à clignoter devant tes yeux. Bang ! Bang ! Bang ! Les balles frappent le mur près de toi, formant de gros éclats dans le carrelage bleu clair.

Par chance, tu n'es pas venu les mains vides. À la balle suivante, tu constates que le tireur opère agrippé à une bouche d'aération dont il a déplacé le couvercle. T'a-t-il suivi comme ça tout au long du tunnel ?

Il ne pourra jamais te le dire : deux tirs de grenade plus tard, la lumière se rallume. Et devant toi gît Vendetta.

Bon, assez traîné : il est temps d'aller prospecter ailleurs.

Rendez-vous page 91.

Cours vite : la cible, c'est toi !

Conformément à ta mission ou, plutôt, à une partie de ta mission, tu as checké la zone, mais tu n'as pas encore trouvé d'endroit susceptible d'accueillir les Justes au cas où Hot Hole serait dévasté.

Sur la liste des lieux potentiels, il reste quelques villes abandonnées. Certaines sont quasi désertes : tu vas devoir mesurer la radioactivité, tester la qualité de l'eau et, surtout, chasser quelques bestioles de leur logis. En particulier ces créatures à deux pattes qu'on appelle des humains.

Deux de ces cités fantômes se trouvent dans les environs. Tu te mets en route pour les rejoindre.

Continue page 93.

3

Attention... Ça va couper !

Tu pénètres en terre inconnue d'un pas assuré, sans te retourner. À quoi bon jeter un dernier coup d'œil à ce monde de mort et de désolation alors que tu vas peut-être enfin trouver un semblant de terre promise ?

Y crois-tu vraiment ? Non. Ce qu'il te faut, c'est juste un endroit vivable. Se sentir bien ? Être heureux ? Poser les pieds sur la table et fermer paisiblement les yeux ? Et puis quoi, encore ? Même pas en rêve. Avant la catastrophe, c'était envisageable. Plus maintenant.

Eh oui : c'est un drôle de boulot, que d'être Bob « Cold Blood » Cooper. Mais il faut bien que quelqu'un s'y colle.

Te voilà prêt à explorer les villes alentour. Les parages regorgent de petites cités fantômes, alignées les unes derrière les autres. La plupart sont complètement ravagées, mais deux d'entre elles, Débildonville et Galghetto, pourraient faire l'affaire – avec beaucoup d'imagination et en travaillant dur. Il faut que tu ailles voir par toi-même.

Leurs noms, à vrai dire, ne t'inspirent pas un enthousiasme débordant. D'autant plus que les snipers de Mad Mike y guettent ton arrivée.

Alors, où vas-tu ?

Débildonville… Ça a l'air fun, non ?

Poursuis la lecture page 95.

Galghetto… Ça fait tout de suite plus sérieux… Ou pas.

Va en page 99.

Débildonville… Ça aurait été un nom parfait pour ton école primaire. Cette pensée t'arrache un petit rire alors que tu pénètres dans la ville.

De jolies maisons individuelles, bien coquettes, avec des fenêtres abritant de la joie et de la bonne humeur ? Plutôt le contraire.

Tout en gravissant des talus d'éboulis, de gravats, de cendres et de rats morts, tu aperçois au loin quelques cahutes biscornues aux toits de tôle ondulée. Des étables à cochon ? Non. Des êtres humains vivent ici, parmi les plus miséreux. Des ivrognes, des petits délinquants, des orphelins.

Tu t'enfonces dans la cité, te faufilant entre les épaves de voiture et les réverbères cassés. Tu as besoin de prendre de la hauteur pour y voir plus clair.

Tu as un tremplin prêt à l'emploi avec toi depuis un moment.

Si tu préfères le garder pour une situation d'urgence, construis une rampe.

Poursuis page 97.

Si tu as très envie de l'utiliser, c'est le moment !

Rends-toi page 102.

Un bidonville se définit par un amas de cabanes construites dans la plus stricte illégalité à la périphérie d'une grande agglomération. Débildonville ne déroge pas à la règle. Il s'est développé à la périphérie d'une ville à la manière d'une verrue qui, par la suite, aurait survécu à son ancien hôte. Car cela fait belle lurette que la ville principale, composée de vraies maisons solides, a disparu. Une unique route traverse l'endroit de bout en bout, le reste n'est plus qu'un labyrinthe de chemins défoncés. La plupart des cahutes paraissent inhabitées, mais ce n'est qu'une impression : en réalité, les guerriers et les guerrières de Mad Mike y ont probablement élu domicile.

Tout cela, ton œil de lynx le découvre du sommet de ta rampe.

Le combat t'attend : il est temps de plonger au cœur du bidonville.

Tu préfères t'approcher à pas de loup de l'une des cahutes (probablement) occupées.

Lis la suite page 103.

Tu empruntes la rue principale, histoire de faire sortir tes ennemis du bois.

Rendez-vous page 105.

Attention... Ça va couper !

Galghetto : l'endroit s'appelait déjà ainsi avant la catastrophe. Il s'agit d'un camp de vacances comme on en faisait alors, érigé en bord de mer à coups de billets de banque et sans aucun égard pour la nature. Les cabanons s'alignaient à perte de vue, et aller de son lit à la plage ne prenait que trois minutes – et en marchant sur les mains, encore.

En fait, Galghetto est la seule zone de la *map* que la catastrophe a plutôt embellie, les hordes de vacanciers ayant disparu. Ils ont néanmoins été remplacés par des gens peu recommandables. Pas exactement le genre gentils voisins.

Après avoir gravi une dune, tu te retrouves sur la promenade qui longe la mer. Le paysage désolé voit s'aligner des hôtels en ruine parcourus de rues défoncées. Quand tu tombes sur une petite fleur jaune pointant vers le soleil à travers une fissure, tu la piétines avec rage, la semelle de ta botte l'écrasant comme un mégot de cigarette. Elle a eu l'audace de brièvement détourner ton attention. Il n'y a aucun espoir, ici, pas même pour une fleur !

À vrai dire, tu aimerais autant quitter les lieux sans plus attendre. Les Justes ne peuvent quand même pas être assez désespérés pour emménager dans ce coin sordide... Si ?

Tout ce qui semble doté de vie, sous ces latitudes maudites, ce sont les balles qui te sifflent aux oreilles comme un essaim de guêpes. Deux hommes au moins te mitraillent depuis un hôtel. Tu ne vas pas les laisser faire sans réagir !

Tout en courant, tu construis un tunnel en bois qui te protège de leurs tirs et parviens sans encombre dans le hall d'entrée du bâtiment. Le sol y est jonché de petits gadgets bien alléchants, mais pas question de les ramasser maintenant : partout, des femmes et des hommes sont à l'affût, munis d'armes conçues dans l'unique intention de te tuer.

Rassemblant toute ton énergie, tu grimpes l'escalier à la hâte – douze étages sans reprendre ton souffle. Une fois en haut, tu longes un couloir qui a connu des jours meilleurs, puis tu forces une porte au hasard. Comme tu l'avais pressenti, la chambre est déserte. Ton intuition te dit cependant que les canailles que tu cherches se trouvent dans la pièce voisine. Tu te barricades dans un recoin de la chambre vide en utilisant tous les matériaux à ta disposition.

À peine as-tu terminé que deux guerriers s'engouffrent dans la pièce : Ragnarök et Roi des Glaces. Ta grenade explose presque au même instant, laissant des traînées de poussière sur leurs *skins* bien repassés. Dommage…

À présent, c'est au tour de Grenouillère de tenter sa chance. Malgré son *skin*, elle est loin de se comporter comme un nouveau-né : elle manie sacrément bien son minigun ! Ton mur ne te prémunit pas complètement de ses coups nourris. Il est temps que ça s'arrête ! D'autant que Grenouillère se retranche régulièrement dans le couloir pour revenir au combat l'arme fraîchement rechargée. D'une balle de revolver, tu l'envoies finalement en enfer.

C'est alors qu'un sniper t'attaque depuis l'immeuble voisin.

Butin : prends les grenades, les bleuvageons et le piège à piquants.

Tu vas sans plus attendre régler son compte au sniper.

Continue page 112.

Tu cherches d'abord un petit coin tranquille pour te soigner.

Poursuis la lecture page 114.

Après avoir ressassé des idées noires, un petit saut en tremplin est vraiment le bienvenu !

Tu aimes ce genre d'opération risquée où tu ne contrôles pas tout. Au moment de prendre ton envol, ton esprit retrouve sa clarté. Les pensées parasitaires disparaissent comme par magie. Sentant ton élan ralentir, tu tentes une petite danse en l'air. Pour ce moment épique, tu choisis le floss – un classique, mais toujours aussi cool !

Et… Tu y arrives ! Qui sait faire ça, à part Bob « Cold Blood » Cooper ? Personne !

Au passage, tu as noté l'emplacement de chaque rue, de chaque maison et de chaque arme de Débildonville. Du vrai *multitasking !*

Butin : enlève le tremplin.

Tu longes la rue principale, jouant le rôle d'appât.

Lis la suite page 105.

Tu te planques, aux aguets.

Rendez-vous page 107.

La remise dont tu t'approches, c'est l'image d'Épinal de la cabane déserte : les volets sont de travers, la boîte aux lettres a été arrachée, des meubles décomposés s'entassent devant la porte. Seul un maigre rideau flotte devant la fenêtre comme le voile d'une mariée fantôme. Un peu téléphoné… Cerise sur le gâteau : un pauvre bougre non armé titube le long du chemin. Ils te prennent vraiment pour un idiot, ou quoi !?

Il est temps de remettre de l'ordre là-dedans. Empruntant une petite rue adjacente, tu passes, courbé en deux, devant deux cabanes effectivement vides. Ensuite, tu construis une rampe pour te rapprocher de ton objectif par les airs.

Ta bonne vieille pioche reprend du service : tu déchiquettes le toit de la cahute et tu te laisses glisser dans le grenier. C'est tellement bas de plafond que tu dois rentrer la tête dans les épaules. Des malles et autres objets jonchent le sol, mais ton expérience te dit qu'il n'y a là aucun butin.

Des tirs partent de l'étage du dessous. Cela confirme ton hypothèse – ça fait plaisir ! Pour descendre, tu pourrais emprunter le chemin officiel, une échelle branlante, mais tu as besoin de tes deux mains. Tu perces donc un autre trou dans le plancher à l'aide de ta pioche. D'en haut, tu découvres alors tes trois assaillants. Ils lèvent les yeux vers toi comme si Dieu leur était apparu. C'est un peu le cas, d'ailleurs.

Cœur-Noir, Voyageur Éternel et Marin VS Ressac ne sont pas les *skins* les plus ringards qui soient, mais les combattants qu'ils habillent ne sont pas très dégourdis. Ils se marchent sur les pieds, ce qui te rend la partie facile. Hum. Tu n'aimes pas qu'on te mâche le travail ! Heureusement, ce n'était que la première cabane. D'autres t'attendent.

Tu sautes par la fenêtre et dévales la rue au pas de course.

Va en page 110.

Ce que tu fais là est hautement périlleux. Les baraques alentour constituent de parfaits refuges pour les hommes de Mad Mike, et ils ne sont à l'affût que d'une chose : l'occasion de trucider Cold Blood Cooper.

C'est mal te connaître.

Droit dans tes bottes, tu parcours la rue d'un pas assuré, tel un shérif partant à la chasse aux bandits.

Comme prévu, l'un d'entre eux finit par perdre ses nerfs : il bascule en avant, emportant dans sa chute la poubelle derrière laquelle il se cachait. Il commence illico à te canarder. Un projectile t'effleure l'oreille, les autres frappent le mur qui s'effrite derrière toi.

Tu lances la riposte, criblant de balles le loustic en *skin* standard à l'aide de ton fusil d'assaut, puis tu balances trois grenades sur la cabane qui se dresse derrière la poubelle. Aussitôt, deux hommes de Mad Mike se ruent au-dehors, paniqués. Tu les achèves d'une balle chacun. Sans doute est-ce inutile, car leur niveau de vie est au plus bas, mais mieux vaut ne pas prendre de risque.

Du butin, peut-être ? Mais oui ! Tu t'empares de tes nouveaux joujoux, le cœur vaillant.

Butin : prends les bleuvageons, les munitions et le revolver.

On n'abandonne pas une technique qui a fait ses preuves : tu restes au beau milieu de la route.

Poursuis page 109.

Tu préfères te retirer de la ligne de mire de tes ennemis et passer les cabanes au peigne fin.

Rends-toi page 110.

Parfois, mieux vaut ne pas faire dans la dentelle. Ne pas hésiter à foncer dans le tas et à distribuer des mandales. Parfois, à l'inverse, il est judicieux de procéder tactiquement, comme aux échecs, et d'affaiblir son adversaire coup après coup. Il existe enfin une troisième possibilité : affalé sur une chaise et les pieds sur la table, on se gratte le nez avec le canon de son revolver en attendant que les poulets grillés tombent du ciel.

C'est exactement ce que tu comptes faire. Tu n'as même pas besoin de te préoccuper d'un abri : Débildonville regorge de possibilités en la matière. Tu pénètres à reculons dans une ancienne canalisation. L'odeur y est pestilentielle. L'avantage, c'est que cela réduit le risque de croiser des enfants en train de jouer. Ceci dit, de nos jours, ce risque reste limité.

Te voilà donc seul dans cet égout – accompagné de l'odeur. Une heure passe. Puis deux. Rien. Aucun ennemi à l'horizon. Pas même un bourdonnement de guêpe. Tu commences à douter du bien-fondé de ton plan, quand arrive ce qui devait arriver : un combattant perd patience.

Deux, en l'occurrence, qui surgissent au bout de la rue. Barbote VS Méandre et Graffeuse de Tilted. La deuxième se ramène en touriste, portant son lance-roquettes à l'épaule comme si c'était un parasol de plage. Barbote, en revanche, t'inspire plus de respect. Il observe les environs comme tu le ferais toi-même, avec calme, vigilance et concentration.

Lance-roquettes contre être humain ? *No way !*
Tu te glisses hors de ta cachette et t'enfuis
par la rue principale.

Lis la suite page 109.

C'est toi qui fais la loi, ici. Tu n'as pas plus peur
d'un lance-roquettes que d'un cure-dents.
Tu sors des égouts pour aller inspecter les cahutes.

Rendez-vous page 110.

Attention... Ça va couper !

Pour semer au plus vite les ennemis qui surgissent, le mieux est de courir tout droit, sans mur de protection. De toute façon, tu gères très bien les balles de revolver. Ça chatouille juste un peu, comme des fourmis.

Mais… Pourquoi diable Graffeuse de Tilted utilise-t-elle d'emblée son lance-roquettes contre toi ?

ColdBloodCooper a été déboulonné
par FilleDeDébildonville7 – FIN

Avant de passer toutes les cabanes au peigne fin, il va falloir te débarrasser des deux zigotos qui ont entrepris de te suivre. Tu les aperçois du coin de l'œil. Barbote VS Méandre et Graffeuse du Tilted. Tu aimes bien ces deux *skins*.

On sous-estime souvent Barbote VS Méandre parce qu'il est mignon, avec son air d'ours en peluche extraterrestre. Tu ne commets pas cette erreur : c'est lui que tu vises en premier avec ton fusil d'assaut. Tu l'atteins à deux reprises, mais il t'envoie une balle dans la cuisse et parvient à se réfugier dans une cabane. Sa partenaire, Graffeuse de Tilted, est moins rapide. Elle dispose pourtant d'un argument appréciable : son lance-roquettes. Chargé. La première munition explose exactement à l'endroit où tu te trouves. Ou plutôt à l'endroit où tu te trouvais il y a 0,551 seconde. Tes réflexes feraient blêmir de jalousie n'importe quel lapin de garenne. Tu changes d'arme et saisis ton revolver. Tu vas montrer à Graffeuse à qui elle a affaire. Les armes de poing te donnent une extraordinaire sensation de souplesse et de flexibilité. Te voilà presque contre ton adversaire, laquelle tente d'enfoncer une nouvelle roquette dans le canon de son arme de guerre. Ta première balle fait mouche. La deuxième et la troisième également. Graffeuse de Tilted se met à danser comme si elle marchait sur des charbons ardents. Trop mignon ! Mais à la quatrième balle, son nom se grave sur la crosse de ton revolver. *Game over.*

Son butin te satisfait pleinement, en particulier le lance-roquettes et ses munitions. Ton sac est désormais fort présentable. Pour chaque situation, tu as l'arme adéquate.

Reste une question à régler : que fais-tu de Barbote VS Méandre ? Tu le gommes ou tu l'esquives ?

Butin : prends le lance-roquettes et les roquettes.

Tu trousses Barbote VS Méandre.

Continue page 123.

Pourquoi se préoccuper d'un gros nounours gélatineux ? Tu préfères le contourner.

Poursuis la lecture page 125.

Ce que tu aimes chez les snipers : leur concentration totale. Situé à l'écart du théâtre des opérations, le tireur peut fredonner en ajustant sa lunette de tir. Une fois son ennemi en ligne de mire, son index se recroqueville et, dans la seconde qui suit, quelqu'un tombe à terre.

Ce que tu n'aimes pas chez les snipers : quand tu es dans leur collimateur et non à la gâchette.

On vient de tirer trois fois sur toi depuis le huitième étage de l'hôtel voisin. Tu saisis ton fusil d'assaut à la hâte, dévales les escaliers et fonces vers le bâtiment. Mais la distance entre les deux hôtels complique les choses : parviendras-tu à le surprendre ? Pourras-tu rester à couvert ?

Là, près de la piscine, un bar ! (Pourquoi diable faire construire une piscine à deux pas de la mer, mystère…).

D'un bond, tu te réfugies derrière le comptoir. Bang ! Bang ! Bang ! Aussitôt, les balles viennent se ficher dans le zinc devant toi. C'était moins une ! Mister Sniper n'est pas un rigolo ! Tant mieux : autant se mesurer à des bons, ça maintient en forme.

Du comptoir jusqu'à l'entrée de l'hôtel, il y a une vingtaine de mètres. Ton assaillant accompagne tes pas d'autant de tirs. Il a dû changer d'arme.

Une fois dans le hall, tu gravis les marches quatre à quatre. Parvenu au sixième étage, tu te calfeutres dans l'ancien ascenseur et tu attends. Ah, n'oublions pas de mentionner les pièges à piquants que tu as placés devant la cabine, ils ont leur importance pour la suite de l'histoire.

Au bout d'à peine deux minutes, tu devines que le sniper du huitième commence à bouillir d'angoisse. Tu vois déjà couler ses grosses gouttes de sueur. Désarçonné par le silence ambiant, il prend la fuite vers le rez-de-chaussée. Ah ! là, là ! C'est vraiment comme à l'école : ces combattants ne savent pas se tenir tranquilles ! Au moment où Vendetta tombe dans ton piège, tu lui fais un petit signe d'adieu.

Butin : enlève le piège à piquants.

Tu quittes l'hôtel et poursuis ton chemin en bord de mer.

Va en page 115.

Cet immeuble pourri te réserve peut-être d'autres surprises ? Tu vas le vérifier.

Poursuis page 116.

Si la situation n'était pas si grave, tu savourerais l'instant. À présent confortablement installé dans un fauteuil du bar de l'hôtel, tu gobes des poissons. Dehors, le murmure de la mer.

Mais comme toujours quand tu te poses cinq minutes, un empêcheur de tourner en rond vient t'enquiquiner. Là, en l'occurrence, c'est le sniper situé au huitième étage du Happy Holiday Hotel d'à côté qui remet ça.

D'accord, tu as compris : fini la pause !

Butin : enlève les bleuvageons.

Paye-toi la tête du sniper !

Rends-toi page 112.

Attention… Ça va couper !

Le littoral serait vraiment sympa si les hommes n'avaient pas défiguré la côte. Ces ruines d'hôtel sont vraiment immondes ! Question : Qu'est-ce qui est pire – avant ou après la catastrophe ?

Cette roquette qui éclate à tes pieds ne vient pas arranger les choses : le sable gicle et l'asphalte explose en morceaux projetés sur toi. Oh, ton assaillant ne perd rien pour attendre !

Au bout d'une minute, tu sais où il se terre : dans un pavillon du bord de mer.

Tu lui rends visite à pied en passant par la route.

Lis la suite page 109.

Tu rejoins le pavillon en bateau.

Rendez-vous page 117.

Tu erres dans l'hôtel, à la recherche de butin. Malheureusement, tout a déjà été raflé. Tu déchiquettes à la hache les lits et les armoires qui restent, histoire de ne pas avoir perdu ton temps et de récolter un peu de bois, puis tu te rends sur la terrasse panoramique. Waouh ! La vue est vraiment imprenable : les vagues frappent les falaises au loin, les mouettes émettent de romantiques plaintes et… sur la plage, en contrebas, une cahute à l'intérieur de laquelle tu distingues un type en *skin* Barbote VS Méandre. Devant lui, un poste émetteur. Le vent porte jusqu'à toi ses mots rageurs : « Passe-moi Mad Mike, bon sang ! »

As-tu bien entendu ?

En deux temps, trois mouvements, tu descends sur la plage.

Tu veux savoir ce qu'il va raconter à MMM.

Continue page 119.

Tu as deux mots à lui dire, à ce Barbote. Récupère le poste émetteur !

Poursuis la lecture page 120.

Tu allumes le moteur. Aussitôt, l'eau se met à gicler en une haute fontaine. Proue fièrement pointée vers les airs, tu fuses vers la passerelle menant au pavillon. Juste avant d'accoster, tu braques ton volant, puis, à la vitesse de l'éclair, tu construis un escalier que tu gravis à toute blinde.

À bout portant, tu abats le guerrier en *skin* standard qui a osé t'attaquer au lance-roquettes. Tu as maintenant le loisir de savourer la vue sur la mer. Ah, les vacances... C'était quoi, déjà ? Depuis la catastrophe, ce terme est devenu aussi énigmatique que, disons, celui d'« analepse ».

Soudain, tu découvres une chose insolite : là-bas, sur la plage, un guerrier en *skin* Barbote VS Méandre est assis dans une cahute. Devant lui, un poste émetteur. Gageons que ce n'est pas à sa grand-mère qu'il est en train de parler.

Butin : prends le lance-roquettes et les roquettes.

La curiosité est la plus forte, tu vas écouter ce qu'il dit.

Va en page 119.

L'écouter bavasser ? Aucun intérêt. Tu veux seulement récupérer son appareil.

Poursuis page 120.

Attention... Ça va couper !

Adossé à la cahute, tu épies prudemment Barbote à travers la fenêtre, ce qui ne présente aucune difficulté : il n'y a jamais eu de vitre, à cet endroit.

Ce que tu ne faisais que subodorer devient une évidence : Barbote VS Méandre essaie de joindre Mad Mike.

– Faut que je parle au boss, Roi de la Rouille ! est-il en train de pester. Old Fart Cooper est ici !

« Ce vieux pet de Cooper » ??? Non mais, quel culot !

En rage, tu attends la suite.

Rends-toi page 120.

Tandis que le géant en *skin* Barbote VS Méandre tapote avec les trois doigts de sa main gauche sur les touches de son poste, il broie un revolver de sa main droite. Des morceaux de métal se dessinent entre ses phalanges... Waouh ! Pas mal, *brother !*

Toi aussi tu sais le faire, mais avec des patates...

Dommage, d'ici quelques minutes, il ne sera plus en mesure de te dire comment il fait ça.

Tu veux ce poste émetteur. Avant la catastrophe, le monde entier était saturé d'antennes et de satellites. Pour téléphoner, on utilisait des petits machins portables qu'on trimballait partout avec soi. Désormais, on branche les appareils dans le mur avec un câble, et ils restent là sans bouger. Pratique, hein ? Malheureusement, on n'en compte plus que trois ou quatre sur l'ensemble de la *map.* Marcellus en a un, et Mad Mike Molotov et ses vassaux en possèdent au moins deux. Mais ça, ça va changer dans deux minutes.

– Mike ? crie Barbote avec impatience.

À l'autre bout du fil, personne ne se manifeste.

– Mike !!!

Et puis il se met à beugler, cette fois à cause de la balle que tu lui as fichée dans l'épaule. Dans la foulée, c'est à ton tour de brailler parce qu'il te flanque un coup de pioche. Tu brandis ton revolver sous son nez, mais il n'a aucun mal à s'en saisir et – splatch ! – en un clin d'œil, ton arme est devenue un amas de métal.

La cahute est trop exiguë pour utiliser une arme comme le fusil de sniper. Quant aux balles perdues de tes autres armes, elles risqueraient d'abîmer le poste émetteur. Ne reste plus qu'une issue : le combat au corps à corps. À ton tour, tu brandis ta pioche. Tels deux pirates munis de sabres, vous vous battez en sautillant autour de la table. Barbote VS Méandre t'assène un coup, tu lui en rends deux. Ce type est fort comme un ours ! Mais dans l'histoire, c'est toi le héros. D'un coup bien senti contre la tempe, tu l'achèves. Le géant s'effondre comme un arbre qu'on abat.

Une petite danse du poulet ? Allez ! Mais avec le respect que tu dois à Barbote. C'était un combattant digne de toi.

Soudain, une voix s'élève depuis le poste.

– Qu'est-ce que tu veux, Barb ?

Ta cicatrice se met à pulser. Cette voix t'est familière... Tu t'installes à la table du poste.

Butin : enlève le revolver.

Pose ta manche de *skin* par-dessus le micro et réponds à Mad Mike.

Lis la suite page 127.

Survivre si longtemps sur la *map* suppose d'avoir une botte secrète. La tienne est très simple : écouter ton intuition. En passant le seuil d'une porte, une légère contraction au niveau du ventre te prévient : tu dois te presser contre le mur. Parfois, à l'inverse, ton ventre est léger comme un ballon de baudruche, et tu sais que tu peux entrer dans la pièce en sifflotant.

Là, présentement, ton ventre ne te dit rien du tout, sinon que tu n'as rien mangé depuis des heures. Mais la faim, la soif, le froid et la douleur sont des signaux que tu occultes spontanément.

Tu pressens pourtant un truc, avec ce Barbote VS Méandre. Peut-être est-ce lui qui va t'éliminer de la *map ?* Tu hausses les épaules. Et alors ? Si c'est là ton destin, eh bien il te faut l'accepter. Les drames naissent du fait que les gens refusent la fatalité.

Tu te rues dans la cahute où Barbote vient de trouver refuge. Aucun tir n'accueille ton arrivée : l'endroit est désert. Barbote l'a quitté par l'arrière en usant de sa bonne vieille pioche. Serait-ce un piège ? Tu retournes au-dehors et te camoufles d'abord sous des buissons. Rien ne se passe. Tu suis alors les traces de ton ennemi, que tu finis par retrouver à l'autre bout de Débildonville, dans une autre cabane. Devant lui, un poste émetteur. Tu crois l'entendre demander à parler à Mad Mike.

Tu tentes de savoir ce que Barbote VS Méandre va raconter à son chef.

Rendez-vous page 119.

Tu veux juste récupérer le précieux appareil.

Continue page 120.

Attention... Ça va couper !

La sagesse recommande d'avoir toujours un parapluie sur soi, mais toi, tu trouves ça parfaitement ridicule. La pluie, c'est de l'eau, rien de plus : pourquoi s'en protéger ? Ce que tu as toujours sur toi, en revanche, ce sont des munitions. Et tu trouves régulièrement de bonnes raisons de les utiliser.

En temps normal, tu n'évites aucun combat, pourtant, là, ton petit doigt te somme de laisser Barbote VS Méandre tranquille.

Tu observes la cahute dans laquelle il vient de se réfugier, puis, tout en gardant un œil sur les alentours, tu la contournes et découvres une ouverture à l'arrière. Il s'est éclipsé…

Courbé en deux, tu poursuis ta traversée de Débildonville. Tout à coup, un tir retentit. Aussitôt, tu ériges un mur de protection et ripostes sauvagement. La personne que tu canardes ne porte cependant pas un *skin* Barbote VS Méandre, mais un *skin* Chevaleresse Rouge. Portait, plutôt.

Si jamais Barbote te cherchait, il sait maintenant où tu es. Si au contraire il t'évitait comme toi tu l'évites, vous risquez de vous tourner autour pendant un bon moment.

Tu passes chaque cabane au peigne fin : zéro butin, zéro combattant dispersé. Tu penses à ta mission : trouver un nouveau lieu de vie pour les Justes. Débildonville offre des puits d'eau potable et un climat sain. Jusque-là, très bien. Mais vivre ici ? Non merci ! Cette cité est littéralement indéfendable…

Soudain, tu aperçois à nouveau Barbote VS Méandre, assis dans une autre cahute. Devant lui, un poste émetteur. Et il est en train de communiquer avec… Mad Mike !

C'est le moment décisif. Barbote ou toi : il n'en restera bientôt qu'un. Tout ce qui t'intéresse : le poste émetteur.

Poursuis la lecture page 120.

Mieux vaut savoir ce que les deux se disent. Tu épies leur conversation.

Va en page 119.

Fixant le micro des yeux, tu te concentres. À quoi pouvait bien ressembler la voix de ton pote – celui qui gît inerte à tes pieds ? Difficile à dire : tu ne l'as pas entendu prononcer plus de deux phrases ! Mais tu imagines bien que, te sachant dans les parages, il devait être tendu, voire effrayé.

– Barb ! hurle Mad Mike, agacé de ce silence prolongé.

Tu reconnais à peine sa voix. Si sa connexion est aussi mauvaise que la tienne, tu n'as pas de bile à te faire quant à ton camouflage vocal.

– Yep, bredouilles-tu, imitant tant bien que mal l'ours gélatineux en proie à l'angoisse.

– Pourquoi tu me déranges, bon sang de bonsoir ! peste Mad Mike.

Bon, au moins, il consent à te parler. Barbote doit être un membre respecté de son clan. Devait être, pardon.

Tu prends une profonde inspiration avant de répondre d'une voix rauque, mi-essoufflée, mi-enrouée :

– Désolé de te déranger, Mike, mais je voulais te prévenir : on a chopé Cooper. Old Fart Cooper. Je l'ai à côté de moi. Hi, hi… Je crois bien qu'il chiale…

Tu retires ta manche du micro et tu le places sous ton nez, avant de geindre de douleur, comme si des guerriers te passaient à tabac.

Mad Mike part d'un rire retentissant, comme tu n'en as jamais entendu de ta vie.

– J'arrive tout de suite, lance-t-il au bout de quelques minutes de franche gaîté. Je vais lui faire quelques chatouilles, moi aussi. On n'a pas besoin de moi ici avant demain matin à l'aube. Encore une nuit de siège, et on aura fini de détourner Stupid Stream. D'ici là, je vais rendre visite à mon pote…

Mad Mike raccroche. Dans quelques minutes, son avion va survoler Débildonville.

Showdown.

Que fais-tu en attendant l'arrivée de MMM ?

Tu appelles Marcellus.

Poursuis page 129.

Tu te prépares à un petit numéro de danse brûlant.

Rends-toi page 130.

Attention... Ça va couper !

Tu changes de canal pour joindre Marcellus.

Tu ne le bombardes pas d'informations inutiles. On ne peut pas exclure que ces idiots interceptent la fréquence.

– Tu peux te détendre, lances-tu à ton mentor. Cette nuit, les vautours rôdent encore. Mais demain, je vous aurai rejoints. Et on va récupérer un paquet de butin autour des barricades.

Marcellus rit.

– Tu es un vrai diable, mon garçon ! lance-t-il.

Il n'a pas besoin d'en dire davantage, ni de te souhaiter bonne chance.

Retrouve maintenant ton meilleur ennemi.

Lis la suite page 130.

Trouver un endroit où les Justes puissent vivre en paix : telle était ta mission. Tu as écumé la plus grande partie de la *map,* et tu as fini par trouver. Cet endroit s'appelle… Hot Hole. Le seul problème, c'est la présence, autour de votre refuge désormais assiégé, d'une grande muraille défendue par quelques centaines de guerriers de Mad Mike. Mais tu vas y remédier.

Soudain, le vrombissement d'un avion retentit au-dessus de ta tête. Tu es parfaitement prêt à l'accueillir. Tu as érigé un abri de pierre et de métal derrière la cahute de Barbote VS Méandre et apporté deux citernes de gaz près de la piste d'atterrissage.

L'appareil se pose. Mad Mike en descend, flanqué de deux gardes du corps. Le pilote reste à bord. Il ne va pas tarder à redécoller. Mais sans son appareil.

Tapi dans ton abri, tu épies l'arrivée des trois gaillards à travers une étroite fente. Ton premier tir fait exploser la citerne numéro un, le second la citerne numéro deux. De l'avion, il ne reste plus rien. Et de l'un des deux gorilles de Mad Mike non plus.

L'autre, Octuple, va bientôt rejoindre son acolyte grâce à l'une de tes roquettes.

Personne ne s'attendait à ça. Pas même Mad Mike.

Tu serres les poings de satisfaction. Il n'est cependant pas devenu le chef du clan ennemi pour rien : il se plaque à terre à la vitesse de l'éclair et construit un mur. Tu vois ses bottes disparaître derrière. *No way !*

Mad Mike ne doit pas t'échapper, tu as besoin de lui pour mener ton plan à bien.

Te jeter sur lui serait suicidaire. Tu tires deux coups de minigun pour l'envoyer sur une mauvaise piste, puis tu te rapproches de lui par-derrière.

Quelques secondes plus tard, les balles bruissent dans les airs comme les papillons de nuit dans la lumière d'un lampadaire.

Tu touches Mad Mike au ventre. Lui t'atteint à l'épaule. Tu profites du bref moment où il se soigne pour le capturer. *Yes !*

Tout en lui brandissant une grenade sous le nez, tu lui indiques le poste émetteur d'un signe de tête. Tremblant de tous ses membres, Mad Mike s'en approche. Tu le fais asseoir d'une pression sur l'épaule, puis tu lui dictes ce qu'il doit annoncer à son armée.

Le message qu'il lui adresse est bref, mais complet : arrêt du détournement de Stupid Stream, retrait des troupes, abandon du butin et des matières premières.

– Hein ? Mais pourquoi ? grésille le haut-parleur en retour.

Les guerriers sont interloqués.

– Parce que…

La voix de Mad Mike vacille.

– Parce que… Cold Blood Cooper est invincible.

Eh bien voilà, tout est dit.

Tu souris avant de flanquer un coup de pied à ton ennemi pour le faire ressortir de la cahute.

Évidemment, tu n'oublies pas de détruire le poste émetteur : pas question que MMM ait la possibilité de modifier son ordre avant d'avoir rejoint ses troupes pour superviser leur retrait.

Quelques jours plus tard…

Étant donné que la muraille construite par les hommes de Mad Mike va rester en l'état, Hot Hole est désormais doublement protégée. Pour assaillir la colonie des Justes, il faudra donc non seulement franchir deux fortifications, mais aussi te passer sur le corps.

Ça ferait définitivement trop.

Et maintenant ? Tu pars à la pêche ! Tu l'as amplement mérité.

#1

VICTOIRE ROYALE

Retrouve toutes les aventures de Bob « Cold Blood » Cooper !

ISBN : 978-2-8096-7461-3
Dépôt légal : mars 2021
Correction : Aurélie Argellies
Mise en page : Élodie Marty
Imprimé en France par Laballery - N° 107921.